AF286418

Der Soldat Werner

WERNER R.C. HEINECKE

DER

SOLDAT

WERNER

Autobiografie eines Wehrpflichtigen

Verlag: BoD · Books on Demand GmbH,
In de Tarpen 42, 22848 Norderstedt
Druck: Libri Plureos GmbH, Friedensallee 273,
22763 Hamburg
ISBN: 978-3-7693-0369-8

Fotos: Werner R.C. Heinecke

Autoren-Porträt

Werner R.C. Heinecke,

schreibt leidenschaftlich gerne
Kriminalromane.
Bisher veröffentlichte er zahlreiche
Kriminalromane und noch weitere Bücher als
SELF-PUBLISHER. Sie sind als
Printausgaben und E-Book im Handel
erhältlich.

Kontakt:
www.heinecke-autor.de

„Man kann dir den Weg weisen,
gehen musst du ihn selbst."

(Bruce Lee)

Warum dieses Buch?

Am 24.2.2022 begann Russland den Angriffskrieg auf die Ukraine.
Viele Jahre, seit 2014, „nur" als Konflikt angesehen, hat sich für das freie Europa eine neue Situation ergeben. Wir Bürger erleben täglich die Ängste und die Schrecken mit, die viele Menschen ereilt. Zerstörung, Tote, Verletzte, Zivilisten und Soldaten. Auf beiden Seiten. Es sollen bereits über 1 Million sein!

Zweifel kommen auf. Was ist Propaganda? Was ist die Wahrheit? Jeder darf sehen, was er möchte. Darf für Waffen sein. Den Frieden schnell herbeisehnen. Was auf der Welt passiert, ist keine Ausnahme. Es ist eine Entwicklung. Die Achse der Mächtigen verschiebt sich. Neue Player sind dazugekommen. Starke Player. Wirtschaftlich starke. Eine neue Weltordnung ist das Ziel. Die „Achse des Bösen" ist stärker denn je. Unsere Demokratie ist in Gefahr. Krieg ist wieder im Kopf. Nur 1000 Km entfernt! ? !

„Zeitenwende". Der Verteidigungsminister will Deutschland „kriegstüchtig" machen.
Bei dem Ausdruck und den Gedanken an Krieg, läuft es mir kalt den Rücken hinunter. Die Personalstärke der Bundeswehr hat sich praktisch halbiert. Die bislang nur

ausgesetzte Wehrpflicht soll aufgehoben und wieder eingeführt werden.

Dieses Buch soll aufzeigen, was Wehrpflicht bedeutet, beinhaltet, was auf junge Menschen eines Tages wieder zukommen kann. Jede Zeit im Leben hat ihre Besonderheiten. Auch gewisse Herausforderungen.
Gerade als junger Mensch fragt man sich, wohin die Reise gehen soll. Mit dem Beruf, dem Leben überhaupt. Erfüllt man seine Bürgerpflicht, zu dienen? Das Szenario Bundeswehr umgehen? Studieren? Ersatzdienst anstreben?

Die Gesetzmäßigkeit machte damals auch bei mir keine Ausnahme. Voran das Wehrpflichtgesetz. Die gesetzliche Pflicht männlicher deutscher Staatsbürger zur Ableistung von Wehrdienst in den Streitkräften der Bundesrepublik Deutschland.
Die Bundeswehr hatte damals eine Stärke von 500.000. Eine Mischung aus Wehrpflichtigen, Zeit- und Berufssoldaten. Wehrpflicht? Was ist das, wie war das damals? Ich habe es erlebt. 21 Jahre alt, besser jung. 1968. Nachstehend meine Erinnerungen an diese Zeit. An die Zeit des Kalten Krieges.

Beim Lesen gibt es viel zu schmunzeln. Auch bestimmt zum Lachen. Aber auch Kritisches,

Ernstes, über das man und ich damals nicht lachen konnte.

UNS WERNER war 1968 einer von 180.000 einberufenen Wehrpflichtigen. Einer von über 450.000 Erfassten.
Mit fast 21 Jahren war ich einer der „Alten". Die meisten Rekruten waren 18 oder 19.
Ich wurde bei der ersten Musterung „zurückgestellt". Aus medizinischen Gründen. UNS WERNER wehruntauglich. Verursacher war die Unterfunktion meiner Schilddrüse.

Zwei Jahre später wollte man auf den „Soldaten Werner" nicht verzichten. 1,93 groß. Gardemaß. 95 Kg schwer. Sportlich, athletisch. Doch verständlich, oder?
Die weibliche Spezies in meiner Familie hatte Bedenken. Werner und Bundeswehr: das passte nicht zusammen. Aber UNS WERNER ein Kriegsdienstverweigerer? Mein Vater tobte. „Ein deutscher Mann dient! Erst durch den Militärdienst wird ein Junge zu einem richtigen Mann".

Offen gesagt, ich sah das auch so. Und gleich vorangeschickt, ich folgte gerne der Einberufung. Konnte natürlich nicht im Geringsten ahnen, was auf mich zukam. Drill, okay. Disziplin, okay! Kameradschaft, okay. Aber Schikane, ein vielfach überzogenes Obrigkeitsdenken und damit auch

verbundene Handlungen? Das war die
Tagesordnung. Ja, ich hoffe nicht überall und
bei jedem. Ich erlebte es. War UNS WERNER
aufmüpfig? Korrektheit, Ehrlichkeit,
Verlässlichkeit. Bei einigen Vorgesetzten,
Kameraden, Unteroffizieren und Ausbildern
vermisste ich diese Tugenden. Erwartete eine
Balance zwischen Kontrolle und Respekt.
Natürlich ließ ich mir nichts gefallen. Steckte
eher die Strafen ein. War kein
„Arschkriecher". Bekam mehrmals Arrest,
kam in den Bau, die Militärpolizei holte mich
von zu Hause ab. Ich wurde verdächtigt, an
einem Spionagefall beteiligt gewesen zu sein.
Ich wurde aber auch zum Vertrauensmann
gewählt. Bekam eine Stabsdienstelle in der
Kompanie. War einer der Trainingspartner
des Bataillonskommandeurs! Spielte oft mit
ihm Badminton. Sport, indem ich gut war.

Mein Großvater nahm am 1. Weltkrieg teil.
War in Rumänien eingesetzt. Er hat überlebt.
Die 10 Brüder meiner Großmutter nicht. Sind
gefallen. Mein Vater nahm am 2. Weltkrieg
teil. Als Gebirgsjäger in Norwegen. Überlebte,
kam in die Gefangenschaft und 1946 sehr
krank zurück. Aus Erzählungen meiner 6
Jahre älteren Schwester kenne ich viele
Episoden des von meiner Familie erlebten 2.
Weltkrieges. Den Infernos. Über unser
zerbombtes Haus im Bremer Westen.
Kann so eine Zeit wiederkehren?

Inhalt

Kapitel I
Vor der Wehrzeit

Wenn ich mich heutzutage im Alter von 77 Jahren auf meine Lebenserfahrung und Gelassenheit berufe, lasse ich dabei nicht meine aufregende Jugendzeit zurück.
Ich erinnere mich und kann durchaus sagen, dass ich in einem strengen Elternhaus aufwuchs. Immerhin war mein Vater vorbelastet. Sein Vater war ein hoher Beamter, Oberregierungsrat. Mein Großvater verpflichtete meinen Vater, dass aus mir „etwas werden sollte". Das war eine Bürde für ihn. Unsere Familie hat internationalen Charakter. USA, Australien, Schweden.

Meine Zuneigung zur Musik der BEATLES oder ROLLING STONES teilte nur meine Schwester. Sie musste oft einstecken, was ich „verbrochen" hatte. Ob ich als Junge beim Fußballspielen eine Scheibe zerschossen hatte, 1964 den BEATLES-Club in Bremen gründete. Als Kontakt die Telefonnummer des Vaters. Und vor allem, als ich mein 1. Auto, den „Franzosen", 2 CV von Citroën, die „Ente" 1965 in der Straße unseres Wohnhauses in Bremen-Walle versteckte. Natürlich wurde er umgetauscht in einen „Deutschen", einen VW. Politisch war ich bereits als junger Mensch sehr interessiert. Mich interessierten die Hintergründe und Zusammenhänge.

Ich erlebte die Zeiten von „Rechts und Links"
in der Gesellschaft. Die Mitte war eher wenig
ausgeprägt. Ich erlebte die militärische
Aufrüstung. Den Umgang mit der
Nachkriegsordnung. Die Auseinandersetzung
zwischen den Klassenfeinden. West und Ost.
Kapitalismus und Kommunismus. Das damit
verbundene Feindbild. Die Gegensätze von
NATO und Warschauer Pakt. Die Tatsache,
dass in beiden deutschen Staaten mehr als
eine Million Soldaten stationiert waren.
Unsere Bundeswehr, 500.000 Mann und Frau
stark, von Schichten der Bevölkerung eher als
„Freizeitarmee" gesehen wurde. Die NVA der
DDR wurde stärker eingeschätzt. Ich sah das
anders. Empfand die Bundeswehr als gut und
modern ausgerüstet. Vor allem auch
notwendig.

Die Hippie-Generation wuchs. Atomkraft nein
Danke. Friedensmärsche gegen die USA-
Politik. Der Vietnam-Krieg, in den die USA
1964 eingetreten waren, galt als
Stellvertreter-Krieg der Supermächte.
Nachdem 1965 die Amerikaner Bomben
geworfen hatten, griff die Sowjetunion und
auch China zugunsten von Nord-Vietnam ein.
1968 gab es die ersten Brandanschläge. Sie
waren die Vorgänger auf das, was kommen
sollte und als die RAF-Geschichte viele Jahre
unser Land beschäftigte. Ich erlebte den
Terror auf der Straße, auch in Bremen.

Im Januar 1968 wagten jugendliche Bremer
den Aufstand. Die Jugend rebellierte.
Tugenden wie Gehorsam, Ordnung, Fleiß,
Bescheidenheit, Anpassung, Unterordnung,
Zurückhaltung und Pflichterfüllung wurden
zunehmend infrage gestellt. Abkehr von
Tradition; Freiheitsdrang, Emanzipation,
Lebenslust kamen in den Vordergrund. Die
Rollenzuweisung von Familie und
Geschlechtern geriet ins Wanken.

Rudi Dutschke trat in Bremen in der „Lila
Eule" auf. Dem Treffpunkt einer eher
linksgerichteten Jugend. Die Freizeitkultur
verband sich mit der politischen. Der
Lebensstil begann sich zu verändern.
Vordenker war Fritz Teufel. Ein Kämpfer
gegen die Spießigkeit. Das Revoluzzerhafte
fand nicht meine Zustimmung. Ich stand für
eine offene und gewaltfreie Kommunikation.
Ich hatte dieselben Probleme mit der Welt.
War aber kein Teil der 68er-Bewegung. Bin
aber der 68er-Generation zugehörig. Teilte wie
viele einige Themen. Dazu gehörte der
Umgang mit der Nachbearbeitung des
Nationalsozialismus. Eine Verbesserung der
Bildungspolitik. Entwicklung einer
moderneren Gesellschaft. Vor allem auch die
Werte- und Rassendiskriminierung in den
USA. Der Tod von Martin Luther King.
1968 war ein turbulentes, entscheidendes
Jahr. Geprägt von politischen und kulturellen

Veränderungen. Auch oder gerade einige der damaligen Verirrungen setzten Schubkräfte frei. Der revolutionäre Geist wirkt bis heute. Man war damals in der Bundesrepublik Deutschland erst mit 21 volljährig. Mit 20 Jahren heiratete ich. Da musste noch das Jugendamt seine Zustimmung geben. Meine Freundin erwartete ein Kind. Die Aussichten waren also „blendend". UNS WERNER als Vater bald einberufen zur Bundeswehr. Zum Grundwehrdienst. Mit 18 wurde ich aus gesundheitlichen Gründen bei der Musterung zurückgestellt. Befund: Unterfunktion der Schilddrüse. Also trat ich nach der Lehrzeit im Lehrbetrieb meine erste Stelle als Angestellter an. In der Buchhaltung. Der Chef, Inhaber des Familienunternehmens ‚ein Choleriker. Jedenfalls manchmal in der Woche. Oft am Freitag und am Montag. Ich kündigte. Unter solchen Voraussetzungen wollte ich nicht arbeiten. Immerhin fand der Sohn des Inhabers meine Entscheidung „schade". Er hätte mich gerne behalten.

Meine Eltern waren gar nicht begeistert von meiner „Familienplanung" und meiner Künftigen. Das ließen sie auch spüren. Ich zog zu Hause aus. Zog mit 20 in meine erste eigene Wohnung. Kohlenheizung. Aber eben günstige Miete. 183 DM. Mein Vater stimmte zu. Dachte damit sei Frieden, der „undankbare Junge" endlich aus dem Haus.

Damit meine Ehefrau arbeiten konnte, bedarf es meiner Einwilligung. So war das damals. Die Rechte der Frau wurden 1962 ergänzt. Ab da konnte die Ehefrau immerhin ein eigenes Konto eröffnen. Ohne Zustimmung des Mannes. Erst seit 1977 durften nun auch Frauen ohne Erlaubnis des Ehemannes arbeiten und sind nicht länger verpflichtet, den Haushalt zu führen. Meine Ersparnisse gingen gegen null. Autokauf, Heirat, Wohnungsmöbel. Aber immerhin waren meine Finanzen in Ordnung. Ich hatte keine Kredite, das Konto war nicht überzogen. Ich machte einige Nebenjobs. Damit konnte ich alles bezahlen und anschaffen.

Für die bald anstehende Wehrdienstzeit hatte ich auch einen Finanzplan. Der Wehrsold betrug 90 DM. Ich konnte mir gut vorstellen, mit meinem VW Mitfahrer zu bekommen. So kamen 100-200 DM herein.
Natürlich musste ich von dem Geld noch tanken. Und ganz wichtig, ich hielt mir meine Nebentätigkeit als Buchhalter bei einem Gastronomen in Bremen aufrecht. Gerade dieser Umstand sollte mein Leben zu einem späteren Zeitpunkt kräftig beeinflussen. Zu zweit geht eigentlich alles leichter. Mit den zunehmenden Monaten der Schwangerschaft wurden die Einnahmen weniger. Ich bemühte mich zwar, das Zeitungsaustragen meiner Ehefrau mitzugestalten. Das ging aber

organisatorisch nicht lange gut. Einige
Zeitungskunden bemängelten die Zustellung.
Der Winter stand an. 1967 waren keine guten
Weihnachten. Im kalten Januar 1968 musste
ich in die Kaserne umziehen. Es ging nach
Rotenburg/Wümme. 50 Km von Bremen.

Politisch hatten wir in der Bundesrepublik
eine CDU-geführte Bundesregierung unter
einem Kanzler Kurt Georg Kiesinger.
Erstmals in einer Koalition mit der SPD.
Vizekanzler war Willy Brandt. Kurt Georg
Kiesinger war nicht unumstritten. In seine
Amtszeit fiel die Einführung der
Notstandsgesetze und die Verjährung von
Nazi-Kriegsverbrechern. Seine Dienstzeit im
Reichsaußenministerium führte zu
Diskussionen.

Die Bundeswehr übernahm den militärischen
Auftrag im Rahmen der Landes- und
Bündnisverteidigung mit „Foreward Strategy"
(deutsch: „Vorwärtsstrategie"), die
die NATONorth Atlantic Treaty
Organization in ihrem Dokument MC 14/1
festschrieb. Sollte hinter der innerdeutschen
Grenze beginnen. Als NATO-Plan galt die
NATO-VORNEVERTEIDIGUNG. Gegen einen
Angriff des Warschauer Pakts. Der
konventionell überlegen war. Antwort die
„Nukleare Teilhabe", die Abschreckung durch
die USA.

Kapitel II
Der Grundwehrdienst

Wenn der Einberufungsbescheid ins Haus
flattert, kommt in der Regel keine Freude auf.
Nach § 21 des Wehrpflichtgesetzes (WPflG).
Ort, Zeitpunkt und Dauer sind angegeben.
Ehrlich gesagt, ich freute mich auf einen
neuen Abschnitt in meinem Leben. Die gerade
nicht gut verlaufene berufliche Phase,
vielleicht auch die Wohnungsbedingungen,
der Umstand als frisch Verheirateter, was ich
eigentlich gar nicht sein wollte, die
Schwangerschaft meiner jungen,
gleichaltrigen Ehefrau, die große
Verantwortung, die damit einherging. Der
Einschnitt im Verdienst. Fühlte ich mich
überfordert? Durchaus möglich. Ich las die
Einberufungsvorschriften. Bart kurz, Haare
kurz. Einfinden in Rotenburg/Wümme. Lent-
Kaserne. Tag, Uhrzeit. Den Ort fand ich
günstig gelegen, in der Nähe Bremens, gute
Verbindung. Mit dem Auto knapp eine Stunde
Fahrzeit. Hätte schlimmer kommen können.

Von Kopf bis Fuß, von der Mütze bis zu den
Socken: Wenn Rekruten in die Bundeswehr
eintreten, erhalten sie zuerst einmal jede
Menge an Kleidungsstücken und persönlicher
Ausrüstung. Bezeichnung:
Das **Gerödel.**

Rund 65 Kg umfassten die 100 Teile. Über
hundert Einzelteile erhalten Rekrutinnen und
Rekruten bereits zu Beginn ihrer Dienstzeit.
Ob für Gefechts- und Formal-Dienst, Sport,
Schießausbildung oder Ausgang. Ist in dem
Set enthalten. Für jeden Zweck die richtige
Ausrüstung und die Bekleidung.

Koppel, an der viele Taschen, Magazine,
Verbandsmaterial oder die ABC-Atomar-
Biologisch-Chemisch-Maske angebracht
werden. Einiges an Schuhwerk. Kampfstiefel,
Knobelbecher, Sportschuhe, Ausgehschuhe.

Ausrüstung für das Überleben im Gelände:
Essgeschirr, Klappspaten, Schlafsack und
Zelt. Hinzu kommt die Schutzausrüstung für
den Kampf: Helm, Schutzweste, Schutzbrille
und mehr. Der Seesack. Spannend wurde es
bei der Waffenausgabe. Ich bekam das G3, die
Braut des Soldaten.

Körperlich fit zu sein, ist eine Voraussetzung
für den Dienst. Den meisten Platz, später im
zugewiesenen Spind, nehmen die Feldanzüge
ein. Der Feldanzug, die Uniform, in der man

die Soldatinnen und Soldaten gelegentlich auch auf den Straßen oder beispielsweise beim Bahnfahren sieht. Gibt in verschiedenen Ausführungen, ausgelegt für unterschiedliche Witterungsverhältnisse.

Stationiert war ich im Fernmeldebataillon 120. In der Ausbildungskompanie 8. Die Unterkunft bestand aus einem Flachbau. Von einem langen Flur gingen viele Zimmer ab. Schlafräume, Dusch-, Wasch, Toilettenräume. Ich habe das eher alte und schäbige Gebäude noch in bester Erinnerung. Es gab Ofenheizung. Und das im ganzen Gebäude, auch bei den Unteroffizieren. Immerhin konnte ich mir mein Bett aussuchen. Ich schlief im Etagenbett unten. Der Spind direkt neben dem Bett. Auch ein Fenster, das war mir wichtig. Da ich früh in der Kaserne war, konnte ich es mir aussuchen. Jeder Standort hat seine Eigenheiten. Ein großes Gelände. Kasernen, Exerzierplätze. Sporthallen. Werkhallen. Der 1. Abschnitt ist die Allgemeine Grundausbildung. Dauer 3 Monate. Die **Grundausbildung** findet zu größtenteils im Gelände statt und zwar bei Sonne, Wind, Regen, Hitze oder Kälte. UNS WERNER trat als Funker an. Funker Werner Heinecke. Die ersten 12 Wochen sind hart, danach wird es ruhiger. Vorrangig die Erlernung des Soldatentums. Umgang mit Waffen und Ausrüstung. Dem **Formaldienst.**

Marschieren, Exerzierdienst. Melden,
Antreten. Kompanieaufstellung. Grüßen
lernen. Ansprechen der Dienstgrade lernen.
Märsche, Nachtmärsche, Kampieren, Gefechte
üben. Deckungen bauen im Gelände. Lernen,
Feuer anzulegen. Leben, Überleben im Feld
lernen. Und Ordnung lernen. Auf dem
Zimmer, im Spind. Stiefel putzen, Knöpfe
annähen, Unterwäsche waschen.

Wecken. Das Wecken erfolgte während der
Grundausbildung um 5.00 Uhr. Nach der
Körperhygiene und dem Anziehen erfolgt die
Stärkemeldung und die Stubenkontrolle.
Danach geht es zum gemeinsamen Frühstück
in der Truppenküche. Die eigentliche
Ausbildung beginnt in der Regel um 07:00
Uhr. Natürlich hatte die Waffenkunde einen
hohen Stellenwert. Das G3 lernen zu lieben.
Mit verbundenen Augen aus- und
zusammenbauen. Damit zu schießen und zu
treffen. Ein **Feuergefech**t lernen. Alles muss
sitzen. Jeder kampfbereit sein. Deckung
lernen. Das Tarnen. Lautlos die Stellungen
beziehen. Mit Sandsäcken, aber auch mit
Moos, Erdreich und was die Natur sonst
noch so hergibt. Gut getarnt und geschützt
sein. Andererseits ein freies Schussfeld in
die Richtung, aus der Feindkräfte vermutet
werden, zu haben. Alle sind in Stellung.
Achten auf die Kommandos des
Gruppenführers, warten auf seinen Befehl.

„Fertig machen zum Feuerüberfall!"
Das bedeutet: Niemand schießt, bevor das
Kommando dazu kommt. Absolute Stille. Aus
dem Nichts erfolgen dann die Schüsse. Aus
Gewehren der Gruppe gleichzeitig. Der Feind
soll nicht oder nur schwer ermitteln, wie viele
Waffen auf ihn schießen. Ich hatte bei einem
Biwak einen Scheißjob. Melder. Ganz vorne,
vor der Gruppe. Wach bleiben, die ganze
Nacht. Zigarette? Todesurteil. Das Feuer ist
kilometerweit zu sehen. Und ein Gewehr
schießt 800 Meter weit! Das Gefecht verlief
erfolgreich. Doch die Lage spitzte sich zu. Bei
der Übung simulierten Patronen, die Farbe
hinterlassen. Du warst entweder tot,
verwundet oder gefangengenommen.
Der Feinddruck wurde kontinuierlich stärker.
Immer mehr gegnerische Kämpfer rücken an.
Zusätzlich liegt laut dem Szenario
Artilleriefeuer auf den Stellungen der
Rekruten. Der Zugführer hat die oberste
Kommandogewalt. Er befahl gruppenweise
sofort auszuweichen. Das bedeutet
geordneter Rückzug. So schnell wie möglich
und im Eilmarsch vom Feind absetzen. Jeder
Rekrut muss zeigen, was er in den Wochen
zuvor gelernt hat.
Fitness. Körperlich und mental. Ein zentraler
Bestandteil der Grundausbildung. UNS
WERNER war ein guter Schütze. Bekam
Belobigungen. Der Name Werner, jeder dachte

dabei an „Werner Beinhart" bekam in der Truppe Qualität. Ich Sonderurlaub. Weniger Beachtung bei der Spindkontrolle. Anfangs war das noch anders gewesen. Bei den Kameraden war ich beliebt. Ich half einigen Schwächeren. Bei den langen Märschen. Mein Zimmernachbar hatte Blasen an den Füßen. Konnte nur unter starken Schmerzen laufen. Ich trug sein Gepäck mit. Das brachte mir ein Diszi. Das war nicht gewünscht. Nur Härte zählte, Ausdauer. Die Schwachen wurden doppelt bestraft. Unter Aufsicht extra Runden laufen um den Exerzierplatz. 50 Liegestütze machen.

Drill. Üben bis zum Umfallen. Bis alles im Schlaf sitzt. Dazu gehört auch **Waffendrill.** Es gab einen **„Wettbewerb"** untereinander der beiden Ausbildungskompanien 1+2. Gerechtigkeit? Ein Fremdwort. Für mich nicht. Ich kämpfte darum. Hatte später oft die Gelegenheit, dem Bataillonskommandeur in meiner Position „Vertrauensmann der Mannschaften" die Wahrheit zu sagen. Wegducken war nicht mein Ding. Offenheit bevorzugte ich. Je weiter nach oben waren die Dienstgrade okay. Der Kompaniechef, ein Hauptmann, der Spieß, ein Hauptfeldwebel. Die Leute in der Verwaltung. Gemein waren einige der Ausbilder. Unteroffiziere und Feldwebel. Lag es an deren Ausbildung? An ihrem mangelnden Weiterkommen in der

Karriere? Waren sie Zeit- oder Berufssoldat aus Leidenschaft oder etwaige Berufsversager, gar ewige „Nazis"? Gingen zur Bundeswehr, um auf den Untergebenen herumtrampeln zu können? Ich stellte mir diese Fragen. Die Schlimmsten von ihnen waren längere Zeit nicht befördert worden. War es Frust? Auf jeden Fall zeigten sie menschliche Schwäche.

Allgemein hatte die Bundeswehr in den 60er und 70er Jahren in der Bevölkerung um Anerkennung und Beliebtheit, um ihr Image zu kämpfen. Es lag zum einen an der politischen Entwicklung im Lande, aber auch in der Welt im Allgemeinen. Die Grundsätze der Inneren Führung sind die Basis für den militärischen Dienst in der Bundeswehr. Die Innere Führung gibt den Soldatinnen und Soldaten den moralischen Halt für die Anforderungen, die gestellt werden, auch gerecht zu werden. Sie ist das Wertegerüst der Bundeswehr. Es hat sich gewandelt, von „blind gehorchen" zu „auch selbst zu denken". Der Staatsbürger in Uniform steht für Aufrichtigkeit und Anstand. Heute mit größerer Wertschätzung bedacht. Damals, zu meiner Zeit, bedeutete Uniform Obrigkeit. Und das egal bei welcher. Die Polizei litt genauso unter dem Image. Dein Freund und Helfer. In der damaligen Zeit war der Gummiknüppel, die Wasserkanone, oftmals schnell im Einsatz. Demonstrationen nahmen zu. Gewaltbereite Demonstranten wurden mehr. Ein Blick zurück: Am 15. und 16. Juli 1955 verabschiedete der Deutsche Bundestag gegen die Stimmen der SPD das Freiwilligengesetz, das die Einstellung von 6.000 Freiwilligen in die Bundeswehr gestattete. Es meldeten sich über 150.000. Es gab einen „Aufstellungsplan" für die Zeit bis 1960. Am 21.Juli 1956 wurde das Wehrpflichtgesetz, die Wehrpflicht für Männer zwischen dem 18. und 45. Lebensjahr verabschiedet. Soldaten sind nicht „zu backen". Also, wo sollten sie herkommen? Bei der Gründung der Bundeswehr stammten deren Offiziere und Unteroffiziere fast ausnahmslos aus der Wehrmacht. 1959 sollen von über 14.000 Bundeswehroffizieren mehr als 12.000 bereits in der Reichswehr oder Wehrmacht gedient haben. War es aus den Köpfen? Die deutsche Jugend sollte „Hart wie Krupp-Stahl", „Zäh wie Leder", „Flink wie ein Windhund" werden. Unvergessen das Zitat aus 2005 vom Kabarettist Dieter Hildebrandt aus „Hitler-Rede-1935". Das 3. Reich endete als eine traurige Geschichte Deutschlands. Ein Geist im Menschen, eine Tradition, lebt weiter. Braucht Zeit und Muße zur Veränderung. Es bedurfte einer Auseinandersetzung mit der Vergangenheit. Der deutschen Vergangenheit. Tradition lebt weiter. Es galt, sie in einer freiheitlichen und demokratischen Gesellschaft, den Normen und Werten des Grundgesetzes einzubinden. Der militärische Auftrag der Bundeswehr wurde erst 1968 in das Grundgesetz aufgenommen. Aufstellung und Einsatz sind in Art. 87a formuliert: Der Bund stellt Streitkräfte zur Verteidigung auf.

Gegen Ende der Grundausbildung bekennt sich jeder Rekrut zu Recht und Freiheit. Mit dem **Gelöbnis**, dem so genannten feierlichen Zeremoniell, wird aus dem Rekruten ein Soldat. Die Aufnahme in die soldatische Gemeinschaft erfolgt. Deshalb ist das Gelöbnis ein wichtiger Moment. Mehr als nur ein militärisches Ritual.
Vorher die Prüfung zur **Grußabnahme**.
Ohne diese absolviert zu haben, darf kein Rekrut in Ausgehuniform antreten.
Geschweige, denn die Kaserne verlassen.
Sicherlich gehe ich in die Geschichte der Bundeswehr ein. Als der Soldat ohne bestandene Grußabnahme. Sie schmunzeln? Fragen sich, warum? Was war passiert? Als ich dran war, bin ich gut losgegangen. Hob die Hand zum Kopf, zur Stirn. Musste lachen. Es gab ständige Wiederholungen. Ich hatte mich nicht unter Kontrolle. Es war so viel Wut in mir aufgestaut. Hervorgerufen hauptsächlich durch die erlebte Schikane und deren Auswirkungen. Sie entlud sich

durch das Lachen. Ich machte meine Abneigung dadurch deutlich. Vor der Befehlsgewalt. Der erlebten Schikane.
UNS WERNER, verheiratet, eine schwangere Frau im 7. Monat. Ich musste in der Kaserne bleiben. Durfte nicht zu meiner Frau. Hatte Strafdienste zu schieben. Wegen Lächerlichkeiten, wegen Denunzierungen, wegen meiner Aufmüpfigkeit.

Bei der Bundeswehr hat die **Kameradschaf**t einen hohen Stellenwert.
Ich erinnere mich. In meiner Gruppe war ein Rekrut mit Senk- und Spreizfuß. Bereits nach wenigen Kilometern konnte er nicht mehr laufen. Ich nahm zusätzlich seinen Rucksack. Das war nicht gut. Es ging um Härte. Ich musste das Gepäck zurückgeben. Der Rekrut musste sich beherrschen. Mentalität war gefordert. „Gebe das Beste, was du kannst". Blutige Füße sah ich.
Für uns gab es eine Wochenendsperre.
Und was meinen sie? Hat sich UNS WERNER daran gehalten?
Natürlich nicht. Ich fuhr nach Bremen. Meine Frau klagte über Schmerzen. Was hätten sie, hättest du getan? Das Ergebnis?
Die Militärpolizei holte mich in Bremen ab. Denen war bekannt, wo ich mich aufhielt. Hatte es angekündigt. Man hatte mich gewarnt. Und? Drei Tage Bau? Für mich kein Problem. **Beförderung** zum Gefreiten?

Unsere Gruppe. Ich, im Bild ganz links, war
1 Jahr lang Funker. Keine Beförderung zum
Gefreiten nach Absolvierung der
Grundausbildung! Mit mir und meinem
Gewissen war ich im Reinen. Das zählte für
mich. Vielen Kameraden im Mannschaftsgrad
konnte ich später, als Vertrauensmann
helfen. War in den Verhören bei
Disziplinarverfahren dabei. Musste meine
Stellungnahme abgeben. Ich war wirklich
überrascht, gewählt worden zu sein. Ich
stand auf der Liste der Kandidaten. Wählte
selber einen anderen. Mehrere hundert
Kameraden wählten mich! Geradlinigkeit,
Pflichtbewusstsein waren bekannt, als meine
Dienstauffassung. Mein Kameradschaftssinn.
Kein Wegducken vor der Obrigkeit.

Kapitel III:
Besondere Erinnerungen

Oh, womit beginne ich? Es gibt so viele.
Kontakt mit der Militärpolizei habe ich ja
schon erwähnt. Was ist wirklich interessant?
Worüber sollte ich erzählen? Über erlebten
Spaß und den vielen besonderen Situationen
berichte ich im nächsten Kapitel. Hier also
geht es um was Ernstes. Und etwas ganz
Besonderes. Mehr, als das zu erleben, die
Teilnahme an einer Woche auf einem
Truppenübungsplatz, gibt es im
Grundwehrdienst kaum. Endlich Soldat sein.
Schon die Anreise war spannend. In einem
Truppentransporter. Und der in einem langen
Konvoi. Ziel war Putlos.
Der **Truppenübungsplatz Putlos** liegt an der
schleswig-holsteinischen Ostseeküste. In der
Nähe der Stadt Oldenburg i.H. Zirka 50
Kilometer von Kiel entfernt. Genau so weit
entfernt von Lübeck. Es ist militärisches
Sperr- und Warngebiet. 12 Quadratkilometer
Land umfassend mit Küstenanbindung zur
Hohwachter Bucht. Für uns war es der 2.
Biwak. Schlafen wie gefühlt im Mittelalter. Mit
Stroh gefüllte Zudecken zum Schlafen.
Rustikaler ging es nicht. Essen wie bei einer
Kriegsverpflegung. Brot in Dosen. Sonst auch
alles. Soldatenleben im Biwak ist ein
Feldlagerleben. Das wurde hier eindrucksvoll

demonstriert. Hier angekommen, war man
Soldat. Soldat unter Soldaten. Das zu zeigen
wurde auch verlangt. Tag und Nacht. Das
Übungsgelände ist ein flaches bis hügeliges
Gelände. Abfallend zum Meer, der Kieler
Bucht, Unterbucht Hohwachter Bucht.
Bezeichnend für das Gelände sind feste
Grasnarben. Auf ihn können nahezu alle
Waffensysteme des Heeres schießen. Es gibt
spezielle Schießstände. Ich schoss mit der
Panzerfaust auf Panzerattrappen. Schoss auf
auf Soldatenattrappen. Übungen mit Gewehr.
Liegend, stehend. Schießübungen mit dem
Maschinengewehr. Handhabung von
Handgranaten an Wurfständen.
Gefechtsschießen. Rohrartilleriesystem-
Bedienung, Nahkampfübung,
Selbstschutzausbildung, Kampfmittelabwehr.
UNS WERNER der Soldat. Zeigte und bewies,
was ich konnte. Ich war damals stolz auf die
Urkunden, meine festgehaltenen Leistungen
bei den Schießübungen. Bin es heute noch.
Bedeutend für das Gelände ist der 65 Meter
hohe Wienberg. Vor der Bundeswehrnutzung
war in Putlos die Panzerschießschule der
Wehrmacht bis 1945. Danach ein Training
Area der British-Army.
Alarmposten. Militärischer Begriff für einen
Soldaten, der den Auftrag hat, die eigene
Truppe bei Gefahr zu alarmieren. Ist nichts
anderes befohlen, verteidigt sich der

Alarmposten. Ich hatte Funkgerät, G3, Handgranaten, Pistole, Nachtsichtgerät dabei. **Orientieren im Gelände**. Das war ein Schwerpunkt in der Grundausbildung. Monaten. Karten- und Geländekunde. Auch Orientierungsmarsch ohne das. Die Gruppen wurden ausgesetzt. Wir wussten nicht, wo wir waren. Mussten zur Kaserne zurückfinden. Durchschlagen nannte es sich. Es ging auch nach Schnelligkeit. Ja, leider, wir, der **Trupp**, in dem ich mich befand und befahl, wurde mit vielen Stunden Abstand der letzte „Heimkehrer". Wir irrten durch die Dörfer. Hausbewohnern rutschte das Herz in die Hose, als ich im „Gefechtsanzug" vor der Tür stand. Nach dem Weg fragte und, wo wir uns befanden. Auch Passanten. Wir hatten den Kampfanzug an und alles dabei. Ein Dorfbewohner meldete uns. Die Polizei griff uns auf. Orientierungsmarsch? Wir waren weiter von der Kaserne entfernt. Nach einem Telefonat glaubten sie uns. Ein Problem wartete auf uns. Zum Wecken nicht anwesend. Und auch nicht zum Morgenappell. Immerhin brachte die Polizei uns fast 15 Kilometer vor Rotenburg. An der Hauptstraße lang fanden wir dann zu der Kaserne. Warum wir uns verlaufen hatten? Im Wald ging alles perfekt. Im nächsten Dorf fragten wir. Man schickte uns in die falsche Richtung. Seitdem weiß ich eines: Höre und

verlasse dich auf keinen anderen!
ABC-Schutztraining. Was für ein „Scheiß".
Sicherlich notwendig. Das Komplizierte war
der Umgang mit der Schutzfolie. Riesengroß.
Die regelgerecht zu falten, ein Kunststück.
Wie bei vielem, stellte ich mich auch dabei
ungeschickt an.
Gefechtsformen. Schützenkette,
Schützenreihe und Schützenigel trainiert.
Sprung vorwärts und rückwärts geübt.
Gruppenformationen im Wald geübt.
Taktische Situationen. Der befehlende
Gruppenkommandant hatte es auf mich
abgesehen. Nicht nur einmal. Beim
Bodenaushub war ich ihm zu langsam.
Hallo?! Meine Körpergröße. Ich musste mehr
Boden ausheben. Das wollte er nicht
wahrhaben. „Kommandos „Deckung" und
„Zu Boden" gab er meist dort, wo große
Haufen von Kuhfladen lagen. Meine nicht
„sofortige" Befolgung hatte Konsequenzen.
Arrest, Strafexerzieren. Liegestütze.
Wache und Wachablösung. Theorie im
Lehrsaal. Ausführung in der Praxis. Leider.
Lebenskundlicher Unterricht.
Meinungsvielfalt in einer pluralistischen
Gesellschaft gerade Soldaten besonders
herausfordert, sich ihrer Verantwortung
bewusst zu werden und die eigene
Lebensorientierung zu reflektieren, um
moralisch urteilen und handeln zu können.

Leistungsmärsche. Der Soldat trägt beim
Marsch zu Fuß in der Regel einen Feldanzug
gemäß der Anzugordnung. Gewicht 15 Kg.
Marschlänge 6 Kilometer in 60 Minuten. 9
Kilometer in 90 Minuten, 12 Kilometer in 120
Minuten. Eine Absolvierung eines 20 oder 25
bis 30-Kilometer-Marsches war Pflicht im
Jahr. Zeit dafür höchstens 5 Stunden. Die
psychischen und physischen
Leistungsgrenzen werden erreicht, auch
darüber hinaus. Der Sinn: Rekruten werden
an ihre Grenzen gebracht, um sie auf einen
Ernstfall vorzubereiten.
Fußblasen. In die Stiefel reinpinkeln. Das
half. Ich hatte keine Blasen.
Dackelgarage. Meine Grundausbildung war
im Winter. Bis zu Minus 15 Grad erlebte ich
im Zelt. Wecken mitten in der Nacht: Nach
einem anstrengenden Tag und vor dem
nächsten freut man sich über jede Minute
Schlaf, die man bekommt. Plötzlich hört man
den Vorgesetzten um 2:30 Uhr in der Früh
über den Flur schreien. Für das Antreten gab
es fünf Minuten. Ja, nichts mit erholsamem
Schlaf. Nach dem Antreten ging es um 2:40
Uhr los. Was auf mich zukam? Unbekannt.
Die Erfahrung folgte auf dem Fuß. Ein kleines
Zweimann-Zelt. 2,30 Meter lang, 1,20 Meter
breit und 1,1 Meter hoch. Isomatte? Stroh!
Kampfausstattung. Sie macht erst einen
Soldaten aus. Es gehört alles dazu, was für

einen Einsatz gebraucht wird. Feldjacke und Feldhose. Schlafsack. Wäschebeutel. Pflegeausrüstung. Der Rucksack für die Kampfausstattung. ABC-Schutzmaske. Koppelsystem. Feldflasche, Magazine, Kochgeschirr und-Besteck. Klappspaten. **Tarnmusterübung**. Sie kann durchaus überlebenswichtig sein. Geübt wird in vielen Mustern. Der Natur stets angepasst. Ein spannendes Ereignis. Im Schnee. Im Wald. In einem Steppengelände.

Befehl und Gehorsam. Selbst Goethe befand die Notwendigkeit. Es gilt als militärisches Funktionsprinzip. Es gilt, alles nach besten Kräften, zügig und gewissenhaft umzusetzen. Zu Gunsten des Volkes. Verstöße gegen die Menschenwürde brauchen nicht befolgt werden. Ebenso Verstöße gegen das Völkerrecht.

Der Gruß. Soldaten beim Sport grüßen nicht. Sonst grüßt der Soldat, der den Vorgesetzten zuerst bemerkt. In Zivilkleidung wird nicht gegrüßt. Soldaten in Uniform erweisen jederzeit den militärischen Gruß. Soldaten in Unterkunftsräumen, den Stuben, grüßen eintretende unmittelbare Vorgesetzte durch Einnehmen der Grundstellung mit Front zum Vorgesetzten auf das Kommando „Achtung!". Das Kommando gibt der Soldat, der den Vorgesetzten zuerst bemerkt. Die Grundstellung: Der **militärische Gruß** erfolgt in straffer Haltung. Dabei wird die zu grüßende Person angesehen. Zum Gruß wird die rechte Hand mit aneinander liegenden Fingern, angelegtem Daumen und der Fingerspitze des Mittelfingers dicht über der Schläfe schnell an den Kopf oder den Rand der Kopfbedeckung so geführt, dass der Handrücken nach oben zeigt, der Unterarm und die Hand eine Gerade bilden und der Ellenbogen sich etwa in Schulterhöhe befindet. Der Gruß wird durch schnelles Herabnehmen der Hand und gegebenenfalls gleichzeitiges geradeaus Richten des Kopfes beendet.

Ich konnte perfekt grüßen. Leider nicht bei der Grußabnahme.

Die Gruppe. Besteht aus 8 bis 12 Mann.

Der Zug: Er besteht aus mehreren Gruppen von ca. 8-12, insgesamt ca. 30-40 Mann stark. Auch ein Ausbildungszug.

Der Appell. Bei einem Appell treten die Soldatinnen und Soldaten einer Kompanie, eines Bataillons oder eines Regiments an, um von ihren Vorgesetzten Informationen oder Befehle zu erhalten. Ein Morgenappell beginnt auf Befehl der Kompaniechefin oder des Kompaniechefs oder auch des Kompaniefeldwebels immer mit dem Antreten der Soldatinnen und Soldaten einer militärischen Einheit. Die militärischen Vorgesetzten lassen sich, meistens durch ihren Stellvertreter, die Einheit melden und begrüßen ihre Soldatinnen und Soldaten und informieren sie über das Tagesgeschehen und die Tagesbefehle. Im Anschluss können sie beispielsweise Meldungen und Fragen entgegennehmen. Die Anfangsmeldung lautet: z.B. „Kompanie raustreten". Appelle sind Teil des Alltagslebens.

Der Stubendurchgang. Ausbildung nach Zeitplan. Danach Stubenreinigung. Spindaufräumung. Bettordnung herrichten. Wir waren mit 7 Mann auf unserer Stube untergebracht. Jeder war wie elektrisiert. Achtete auf den Signalton. Eine schrille Pfeife. Dann der Ruf, oftmals unmittelbar vor unserer Stubentür. „Fertigmachen zum Stubendurchgang!" Die Tür wurde aufgerissen. Jeder Rekrut stand vor seinem Spind. Oft machte ich die Meldung: „Stube vollzählig angetreten. Bereit zur Spindkontrolle." Grußhaltung, Hacken aneinander. Auf der Stube herrschte Totenstille. Der Unteroffizier schaute sich um. Griff in den Eimer. Er pustete den Staub heraus. „Sehen sie mich noch?" Dann sah er in den geöffneten Spind. Alle Hemden waren wie Bücher gefaltet. Es herrschte eine unübersehbare Ordnung. Der Unteroffizier wollte etwas finden. Fand immer etwas. Seine Adern an den Schläfen begannen zu pochen. „Heinecke!"

„Ja, Herr Unteroffizier."
„Heinecke, wie heißt das?"
„Jawohl, Herr Unteroffizier."
„Lernen sie das nicht oder wollen sie das
nicht richtig lernen?"
„Jawohl, ich lerne, Herr Unteroffizier!"
„Heinecke, am kommenden Wochenende!"
„Jawohl, Herr Unteroffizier."
Dann ging er zum nächsten Spind. Alle im
Raum sahen sich betreten an. Nach gut 30
Minuten ein neuer Signalton.
„Ausbildungszug antreten!"
Die Türen flogen auf und das Stiefelgetrippel
setzte ein. Alle Rekruten draußen. Hörten das
Kommando: „Ausbildungszug, Achtung
Einrichten!"
Leichtes Trippeln zeigte die Korrekturen der
Abstände an. Dann: „Die Augen geradeaus!"
Anschließend meldete der Unteroffizier dem
Zugführer: „Ausbildungszug vollzählig
angetreten!"

Der Zugführer belehrte uns, mit unseren
Autos auf dem Heimweg vorsichtig zu fahren.
Dann wünschte er ein schönes **Wochenende.**
Vor allem eine gesunde und freudige
Rückkehr am Sonntag. Anschließend übergab
er wieder an den Unteroffizier. Der
kommandierte: „Ausbildungszug rühren".
Dann: „Ausbildungszug wegtreten!"

Schnell verschwanden alle Rekruten in die Stuben. Umziehen in Zivil, die Tasche schnappen und los zur Heimfahrt. Ich hatte wieder einmal die „Arschkarte" gezogen. Feuerwache. Also Ofen anheizen und am Brennen halten, das konnte ich. Ein kleiner Trost. Ich war nicht allein. Es traf auch andere. Oft spielten wir Skat. Ließen ordentlich die Sau raus.

Wenn ich am Wochenende nach Hause fuhr, nahm ich die zu waschende Wäsche mit.

Formalausbildung. Geregelt damals in der ZDv 3/2. Der Soldat wird zunächst darin ausgebildet, korrekt zu stehen, auf Befehle unverzüglich zu reagieren.

Die Grundstellung, durch das Kommando „Stillgestanden!" oder „Achtung!" befohlen. Beim Kommando „Achtung!" nimmt der Soldat unverzüglich Grundstellung zum Vorgesetzten oder in die befohlene Richtung ein. „Die Augen gerade aus!"

Analog zur Grundstellung ist das „Rührt Euch!" Befehl „Reihe links, Mitte, rechts-in das Gebäude einrücken!"

Auf das Kommando „Wegtreten!" wird der Platz schnellen Schrittes verlassen.

Um die Abteilung zum Marschieren zu befehlen, muss sie erst in Marschrichtung bewegt werden. Hierzu befiehlt der Vorgesetzte „Rechts-um!", wobei jeder Soldat

der Abteilung sich gleichzeitig um 90° nach
rechts dreht. Entweder „Ohne Tritt-Marsch!"
oder „Im Gleichschritt-Marsch!"
Später „ Im Gleichschritt „Abteilung - halt!"

Grundhaltung des Gewehrs G3: Schräg vor
der Brust. Kommandos für die Haltung sind:
„Achtung-präsentiert das Gewehr!"
„Gewehr abnehmen", „Gewehr umhängen".
Sie werden jeweils in vier exakten
Bewegungen ausgeführt.

Die Ausbildung, der Drill, schult Sicherheit
im Auftreten und trägt so zur äußeren wie
inneren Disziplin bei. Ich hatte damit kein
Problem. Disziplin üben, ist eine wichtige
Charatereigenschaft im späteren Leben.
Ich denke, „Soldatentugenden" prägen jeden
jungen Menschen.

Der Dienstgrad eines Soldaten regelt die
Stellung und seine Befugnisse innerhalb der
Streitkraft. Es gibt Heer, Luftwaffe, Marine,
Sanitätsdienst. Auch Cyber- und
Informationsraum und die Streitkräftebasis.
Jede Truppengattung umfasst militärische
Kräfte, die unterschiedliche Ausrüstung,
Ausbildung und Aufträge haben. U.a.
Artillerie, Panzertruppen, Pioniertruppen,
Infanterietruppen, Heeresaufklärung,
Heeresflieger, Spezialkräfte, Fernmeldetruppe,
wo ich den Wehrdienst leistete.

Kapitel IV:
Schikane

Ordnung sollte sein. Ich mag Ordnung. Bei der Armee wichtig. Ganz klar. Die Ausrüstung muss gepflegt werden. Es sollte auch im Spind und auf der Stube alles in Ordnung und auch sauber sein. Gar keine Frage. Wir putzen, wischten, was das Zeug hielt. Denn sie kam, die ominöse Visite. Zimmer- und Spindkontrolle. Jeder kann ein, sein Lied davon singen! Über die UvD-Schikane.

Auf der Stube herrschte Totenstille. Der Unteroffizier schaute sich um. Griff in den Eimer. Den Kohleascheneimer! „Was ist das?" Er holte den Staub heraus. Den wenigen, kaum erkennbaren. „Sehen sie mich noch?" Dann sah er in den geöffneten Spind. Alle Hemden waren wie Bücher gefaltet. Es herrschte eine unübersehbare Ordnung. Der Unteroffizier wollte etwas finden. Fand immer etwas. Seine Adern an den Schläfen begannen zu pochen. „Heinecke!"

„Ja, Herr Unteroffizier"

„Heinecke, wie heißt das?"

„Jawohl, Herr Unteroffizier."

„Lernen sie das nicht oder wollen sie das nicht richtig lernen?"

„Ich lerne, Herr Unteroffizier!"

„Heinecke, Sie können am Wochenende lernen. Verstanden?"

„Jawohl, Herr Unteroffizier, am Wochenende!"
Dann ging er zum nächsten Spind. Alle im
Raum sahen sich betreten an. Nach gut 30
Minuten ein neuer Signalton.
„Jawohl, Herr Unteroffizier!" Der Satz muss
sitzen. Von morgens bis abends? Auch in der
Nacht! Der Unteroffizier vom Dienst (UvD), für
ihn sein Dienst ein „Scheißjob", ließ seine
miese Laune an uns aus. Nicht nur er. Die
anderen auch. Da war fast kein Unteroffizier
ausgenommen. Warum nur? Ich habe eine
Antwort darauf. „Feuerwache."
Ein Militärbegriff: Die Feuerstelle im Freien
bewachen. Bei uns: Es galt die Öfen in der
Unterkunft am Laufen zu halten. Und die
brannten, auch bei den Unteroffizieren. So
weckten sie uns, hielten uns auf Trab.
Entstand so der oft gehörte Name „E-Lent-
Kaserne"? Ich erlebte sagenhafte Schikane.
Die Kohle-Mülleimer mussten wir
auswaschen! Gingen mit dem Eimer in den
Waschraum unter die Dusche!
Schikane kosteten mich viele Wochenenden.
Extra-Dienst. Und nicht nur das. Den Schlaf!
Der UvD hielt uns oft die ganze Nacht oder
einen Großteil davon wach. Hatte er etwas
gefunden, und er fand immer etwas, dann gab
es die Nachkontrolle. Also mussten wir wach
bleiben, bis er kam. Unvergessen diese Szene.
Ich hatte meinen Spind wirklich perfekt
hergerichtet. Das lobte der UvD auch

ausdrücklich. Natürlich wollte er etwas finden. An der Seite meines Holzspindes hatte ich einen Abreißkalender angeklebt. Der hatte eine Metallkappe. Da war Staub drauf. Das hatte ich übersehen. „Heinecke, sie sind ein Ferkel!"

„Jawohl, Herr Unteroffizier!"

Dann sagte er: „Funker Heinecke, ihnen bringe ich noch Ordnung bei!"

„Jawohl, Herr Unteroffizier. Ordnung!"

Das Beziehen der Betten war auch eine „Generalstabsarbeit". Der absolute Wahnsinn auch die Wäscheordnung. Der Umgang mit Hygieneartikeln. Okay, im Spind ist ein Schließfach. Da kann es darin unordentlich sein. Da stopften wir alles rein, was noch reinpasste, um nicht aufzufallen. Nicht jeder bringt bei der Einberufung die nötige Fitness und Eignung für militärische Fähigkeiten mit. Gerade die werden „Opfer", gefundene Fressen für Schikane. Nicht nur bei den Märschen. Auf dem Übungsparkur. An der Holzwand. Unter dem Stacheldraht. Beim Laufen. Ganz arme „Schweine". Wochenlanger Sport, auch für die „Unsportlichen". „Fit machen" für den Gefechtsdienst. Darum ging es. Bei sengender Hitze marschieren. Das blieb mir im Winter erspart. Bei extremen Temperaturen im Freien war es auch kein Zuckerschlecken. Schwache und langsame Rekruten waren öfter Schikanen ausgesetzt.

Kapitel V:
Spaß, Streiche, Mutproben

Hallo, bei der ernsthaften Bundeswehr?
Im Grundwehrdienst und überhaupt?
Gerade dort. Dort, wo Kameradschaft gepflegt
wird. Ein fester Bestandteil ist. Es sind
Bekenntnisse. Nicht das Genre einer Beichte.
Eher ein Zeugnis für meine Nachwelt.
Persönliche Erlebnisse. Ja, ich bekenne mich.
Zu Streichen. Manchmal auch nur ein Teil
von ihnen. Mutproben. Bei einem neuen
Rekruten, der nach der Grundausbildung in
die Kompanie kommt, eher ein Pflichtjob.
Geht es um Anerkennung? Um
dazuzugehören? Alle haben es getan. Ich also
auch! Ich konnte mir nichts anderes
vorstellen. Es kam zweifellos auf die
Originalität an. Auf das, was bisher nicht
gemacht worden ist. Um Dankbarkeit
auszudrücken. Aufgenommen worden zu
sein. Gleich vorweg: Meinem „Lieblings UvD"
habe ich es gezeigt. Seine Stiefel „geklaut".
Versteckt. Er musste zum Appell gegen die
Anzugsordnung verstoßen. Zwangsweise. Die
UNS WERNER RACHE. Brachte dem UvD ein
Diszi ein! Und viel Schadenfreude. Es war
nun einmal so. Es gab sie, die
Mehrklassengesellschaft bei der Bundeswehr.
Jedenfalls erlebte ich sie so: Die
Wehrpflichtigen. Die Zeit- und Berufsoldaten.

Wegen des Geldes einige Monate oder mehr dranhängen. Sich bei den Vorgesetzten einschmeicheln. Gleiches zu Gleichem. Das galt auch unter uns Wehrpflichtigen. Schnell machte die Runde, wer ein „Zetti" war. Grundsätzlich gab es erst einmal eine Vorverurteilung. Ein Misstrauen. War das aus der Luft gegriffen, so ein Vorurteil? Bestimmt nicht. Es gab Erfahrungen, Beispiele. Ja-Sager, Kumpels der Unteroffiziere. Wollten ja selbst am besten solche werden. Nach oben kommen. Die Freiwilligen mit 4 Jahren Dauer ganz besonders. Zwei Jahre mindestens, zwölf Jahre längstens. Wehrpflichtige konnten sich nach 6 Monaten entscheiden, auf zwei Jahre zu verlängern. Verblieben bei den Mannschaften. Natürlich sehe ich ein, dass ein Freiwilliger-Dienst einer anderen persönlichen Einstellung dient. Schlimm, wenn es nicht so wäre. Als Freiwilliger Disziplinarstrafen bekommen? Damit Lehrgangssperren oder Verzögerungen in der Karriere hinnehmen müssen? Ich bin niemanden böse. War tolerant. Allerdings musste auch ich wachsam sein. Denunzieren stand immer im Rahmen des Alltags. Es gab Strafen. Die waren nicht zimperlich. Ich war Gott sei Dank nie so ein Opfer. Schrank- oder Spindsurfen war noch Spaß. Okay ärgerlich, einen umgekippten Spind vorzufinden. Allein ist der nicht aufzustellen. Und Hilfe? Schwer

zu bekommen. Jeder wusste, warum der
„Spaß" gemacht worden ist. Nicht so harmlos
war das Zwangsduschen. Dem Opfer wurde
ein Kopfkissenbezug über den Kopf gezogen.
Mit drei oder vier Kameraden wurde der
„Verräter" in den Dusch- und Waschraum
gezogen. Unter die kalte Dusche gestellt. Und
das lange. Auch das Absperren in ein Dixie-
Klo. Von außen verriegelt. Das konnte schon
den Abend zum nächsten Tag andauern.

Schlafsackrobben. Und das zu zweit. Wenn
du verloren hast, ging es weiter. Du konntest
nicht gewinnen. Musstes erst einige Biere
trinken. Kornflasche war nicht weit entfernt.
Der nächste Gegner kam. Und so ging es
weiter. Vorgesetzte? Freundlich gesinnte
schauten weg. Waren einfach nicht da.
Die hatten dann „einen gut". Brauchten auch
mal Hilfe. Die wurde dann eingelöst. Egal, wer
was verkackt hat, entweder die Gruppe oder
keiner. Zusammenhalt. Hat man dir
zugesetzt, half die Gruppe. Es gibt Rekruten
aus dem Hotel Mama: Keinen Bock zum
Saubermachen. Die ganze Gruppe, die Stube,
leidet darunter. Wir hatten so einen Typ auf
unserer Stube in der Ausbildungskompanie.
Keiner ist zum Urlaub hier. Das musste ihm
beigebracht werden.
Die Bundeswehr ist kein Ponyhof. Kein
Wunschkonzert. Motto bei der Bundeswehr:
Im Team erfolgreich.

Wecken erfolgt um 5.00 Uhr. Licht aus,
Bettruhe 21.00 Uhr. Dazwischen bleibt viel
Zeit zum Spaß. Zurück zu den Mutproben.
Ich erinnere mich an den Morgenappell. Der
gesamte Zug war angetreten. Der Spieß war
anwesend. Der Unteroffizier vom Dienst
machte Meldung. Es begann zu regnen.
Was tat UNS WERNER? Er spannte einen
Regenschirm auf. Der ganze Zug lachte.
„Kompanie, Ruhe! Funker Heinecke,
abtreten!" Bestimmt ging ich damit in die
Kompaniegeschichte ein. So etwas wird
weitererzählt. Über Jahre!

Der größte Clou war aber ein anderer.
Ich hatte mal wieder ein Wochenende in der
Kaserne aufgebrummt bekommen. Immer
Skat spielen war langweilig.
Wir veranstalteten auf unserer Stube ein
Stubenfest. Eine riesige Tarnplane wurde von
Spind zu Spind gespannt. Hähnchenfressen
war angesagt. Die holen aus Rotenburg. Wie
dahin kommen? Wir holten Kameraden mit
ins Boot. Dabei ein Soldat, der Zugang zum
Fuhrpark hatte. Mit einem Panzerspähwagen,
mit Gewehr ausgestattet, fuhr ich mit ihm
nach Rotenburg. Wir holten Hähnchen.
Pommes. Bier. Eine Party stieg. Leider wurde
es zu laut. Es hatte böse Folgen. Aber was
sollte noch böseres kommen?
Freiheitsentzug? Okay, zwei Tage und Nächte
in einem kalten Bau. Jeder Einzeln. So etwas

vergisst man nicht. Aber die Hähnchen waren super. Im Geschmack und überhaupt. Dann machten wir Knochenwerfen. In die Mülleimer hinein. Man musste schon treffen, was nicht leicht war. Eines weiß ich noch ganz genau: Die Stube sah aus wie ein Schweinestall. Sorry. Hähnchenstall. Übrigens, die gegrillten Hähnchen brauchte ich nicht zu bezahlen. Der Imbiss-Besitzer fand die Aktion mit dem gepanzerten Fahrzeug Spitze. Oder hatte er Angst vor dem angebrachten Gewehr auf dem Panzerspähwagen?

Ja, es war eine unfassbare Zeit. UNS WERNER bei der Bundeswehr. Die Zeit der Grundausbildung endete. Ich blieb im Dienstgrad Funker. Blieb in der Lent-Kaserne in Rotenburg/Wümme.
Nun kam ich in die etwa 150 Soldaten umfassende Stabs-Kompanie. Beherbergt in einem modernen Gebäude. „Die Ponte Rosa". Der Spieß scherzhaft genannt „Hoss". Ja. „Bonanza" war gegenwärtig. Es lagen noch 15 Monate vor mir. Das Fernmeldebataillon 120 stand für „elektronische Kampfführung".
Es ging um Aufklärung. Wir hatten Funkabhörstationen an der DDR-Grenze und nicht nur dort. Fernmeldeaufklärung. Dazu gehörten auch Störsender. Mobile Antennen-fahrzeuge.
Sicherlich lag es an den disziplinarischen

Gründen, warum ich auf meine Beförderung
zum Gefreiten noch warten musste. Indessen
waren meine Leistungen bekannt und
festgeschrieben. Vor allem beim Schießen.
Darum ging es letztlich. Ich bekam eine
Stabsdienststelle. Direkt dem Kompaniechef
unterstellt, einem Hauptmann. Ein noch
junger Offizier, ich schätze ihn auf 30-35
Jahre. Er fand schnell meine Stärken heraus.
Mein Organisationstalent. Schon bald machte
ich die ganze Büroarbeit. Kaum zu glauben,
ich erstellte die Kompanie-Dienstpläne. Wer
verantwortlich dafür war, sickerte natürlich
durch. Ich war nun bei Unteroffizieren,
Feldwebeln und Offizieren beliebt. Mein Spind
wollte kaum noch ein UvD sehen. Im
Gegenteil, man kam auf mich zu. „Heinecke,
wenn Dienst, dann bitte in drei Wochen. Ich
muss die nächsten Wochenenden freihaben.
Du verstehst?" Natürlich verstand ich.
Wachdienst brauchte ich selten zu schieben.
Werner, der Soldat, im Paradies Bundeswehr
angekommen. Ich wurde zum
Vertrauensmann der Mannschaften gewählt.
Hatte Kontakt zum Bataillonskommandeur.
Schon sehr bald spielte ich mit ihm
Badminton. Es waren gute Spiele. Ich konnte
nicht jedes Spiel gewinnen. Gewann aber die
Freundschaft dieses hohen Offiziers. Der
höchste Disziplinarvorgesetzte. Immerhin
besteht ein Bataillon aus 1200 Mann u. Frau.

Im Mai kam meine Tochter in Bremen zur
Welt. Ein Erlebnis. Nicht für mich. Ich hatte
Dienst, konnte bei der Geburt nicht dabei
sein. Trotzdem: UNS WERNER jetzt Vater.
Dieser freudige Umstand brachte
Familienbeihilfe, ich glaube so hieß das.
Meine Frau konnte nicht arbeiten gehen. Ich
überlegte einen Ausweg. Als Verheirateter und
Vater konnte man einen Antrag auf vorzeitige
Entlassung stellen. Wegen eines persönlichen
Härtefalls. Ich wollte die schönste Zeit
erleben, die Zeit, wenn das Kind heranwächst.
Baby wickeln? Nie gemacht. Schade. Ja.
Babys schreien nun mal. Leider so viel. Nein,
ganz im Ernst. Ich erlebte das alles selten.
Mein Antrag auf vorzeitige Entlassung hatte
keine militärischen Gründe. Rein persönliche,
familiäre. Nur noch dort die Zeit absitzen?
Meine Familie, meine Tochter nicht oder
kaum aufwachsen zu sehen?
Grundausbildung okay. Insgesamt 12
Monate Grundwehrdienst hätten gereicht.
Das war und ist meine Überzeugung. Die
Wehrdauer wurde ja später auch
herabgesetzt. Mein Job in der Kompanie hatte
ja noch einen Sinn. Mein Job gefiel mir. Ich
hatte Verantwortung. Zur Überraschung
befürwortete der Kompaniechef mein
Anliegen. Leitete es zur Bataillonsverwaltung.
Der Bataillonskommandeur befürwortete!
Unverhofft kommt eben oft!

Kapitel VI:
Meine Selbstständigkeit

Ich hatte ja bereits erwähnt, dass ich
Nebenjobs liebe. Okay, besser gesagt auch
brauchte. Das Leben war teuer. Zu dritt noch
mehr. Als gelernter Kaufmann und speziell
mit Buchhaltungskenntnissen ausgestattet,
arbeitete ich nebenbei bei einem
Gastronomen. Er betrieb in Bremen ein
Schnellrestaurant. Bestlage in der Bremer
Innenstadt. Darüber hinaus baute er eine
Imbisskette auf. Es bleibt unvergessen. Ich
arbeitete an einem Abend bei dem
Gastronomen in seiner Wohnung. Gegen 22
Uhr kam er nach Hause. Sprach mich an.
„Werner, könntest du morgen im BRILL-CAFE
aushelfen. So ab 9 Uhr?"
Ich sagte zu. „Klar, kein Problem."

Es war übrigens ein Samstag und da ist
Leben in der Bremer Innenstadt, viel
Publikumsverkehr. Ich begab mich in das
Restaurant. Im Erdgeschoss befand sich ein
Schnellimbiss. In der 1. Etage das Restaurant
mit Sitzplätzen. Mein Job war im Erdgeschoss
in der Küche. Vorbereitungen. Schnippeln
ohne Ende. Kartoffeln, Gemüse, Salate. Wenn
mal Zeit war, schaute ich zu, wie die Damen
in der Küche die Speisen zubereitet haben.
Gegen 13 Uhr verließ eine nach der anderen

die Küche. Ich war plötzlich ganz allein dort. Passte auf den Herd auf. Die Bratkartoffeln dufteten. Ich sorgte für Warmhaltung der Fleischspeisen. Ich hörte mehrfach Bestellbons durch die Rohrpost fallen. Bei dem dritten Klacken ging ich zur Rohrpost, entnahm die Bons, sah auf die gewünschten Bestellungen. Und nun, Werner? Klar, gar keine Frage. Ich richtete die Speisen an! Stellte sie in den kleinen Fahrstuhl und schickte sie in die 1. Etage. So ging es gut eine Stunde weiter. Gegen 14 Uhr trudelten die Damen wieder ein. Lächelten mich freundlich an. Ganz unerwartet kam der Chef dazu. Der Gastronom, für den ich die Buchhaltung machte.

„Und wie hat sich Herr Heinecke angestellt?" Die Runde der Frauen hatte sich um die Bedienung aus der 1. Etage ergänzt. Die Frau sagte: „Alles perfekt. Herr Heinecke ist ein Naturtalent." Ich hörte die anderen Frauen in die Hände klatschen. Die Küchen-Chefin nahm mich in den Arm. Drückte mich.

„Das war ein Test", sagte sie.

„Sie haben ihn bestanden." Ich wusste gar nicht, was ich sagen sollte. Der Chef nahm mich beiseite. „Werner, warum das Ganze? Ich habe in Bassum ein Schnellrestaurant eröffnet. Den HANSA-GRILL. Dafür brauche ich einen Pächter!" So kam ich zu meinen Pachtvertrag für ein Schnellreataurant.

Kapitel VII:
Ohne Werner geht es nicht

Unvorstellbar, leider wahr: Mein
Entlassungsantrag wurde abgelehnt. Hallo?
Der Bund wollte auf UNS WERNER nicht
verzichten. Ich bekam eine Aufforderung,
meinen Dienst wieder anzutreten. Das tat ich
natürlich nicht. Ich hatte einen Pachtvertrag.
Bei Nichterfüllung drohte mir eine
Geldzahlung als Schadenersatz wegen
Nichterfüllung. Ich sprach mit dem
Gastronomen und Verpächter. Ein
Rechtsanwalt betreute den Vorgang. „Mach
dir keine Sorgen, Werner. Wir bekommen das
hin. Du verklagst den Bund auf
Schadenersatz. Weil ich dich verklage."
Er lächelte dabei. „Verstanden?". Ich hatte
verstanden. Der Betrag wurde auf 15.000 DM
festgelegt. Im Gegenzug musste ich den
HANSA-GRILL verlassen. Ich machte wieder
die Buchführung, half im BRILL-CAFE in
Bremen aus. Vorbereitungen im
Kellergeschoss, wo mich keiner sehen konnte.
Machte Wäschekörbe voll mit Kartoffelsalat
und der Masse für Kartoffelpuffer.

Eines muss ich betonen: In der Stabs-
Kompanie war ich als Disziplinarvorgesetzten
direkt dem Kompaniechef unterstellt.
Er verstand mich und meine Haltung.

Kapitel VIII:
Der Nato-Alarm

Der 20. August. Für mich ein Schicksalstag.
UNS WERNER? Natürlich zu Hause.
Der 20.8.68 war ein Dienstag. Mittags fuhr
vor dem Haus, in dem ich meine Wohnung
hatte, ein Fahrzeug der Militärpolizei vor.
Ich wurde „zwangsweise" nach Rotenburg in
die Kaserne begleitet. Wegen der
Vorkommnisse in der Tschechoslowakei
wurde der NATO-ALARM ausgerufen. Die
Bundeswehr war betroffen und auch ich.

Wir packten unseren Seesack. Der Spind war
fast leer. Die Kampfausrüstung wurde
hergerichtet. Gewehr und scharfe Munition

wurden ausgegeben. Dazu eine Pistole.
Magazine mit Patronen. Die ganze Nacht
verharrten wir voller Anspannung in der
abgedunkelten Kaserne. Lagen oder saßen auf
dem Fußboden der Flure. Das Foto zeigt
unsere Gruppe. Immerhin konnten wir noch
lächeln. Zum Lachen war es wirklich nicht.
Nachrichten gab es keine. Es herrschte
Ungewissheit. Ich dachte an meine Frau,
meine Tochter. An die Familie, an Freunde.
War es das nun? Beginnt der 3. Weltkrieg?
Der Soldat ist ganz am Ende der Kette.
Entscheidungen werden woanders getroffen.
Wie werden sie ausfallen?

In der Nacht zum 21. August 1968
marschierten etwa eine halbe Million
Soldaten der Sowjetunion, Polens, Ungarns
und Bulgariens in die Tschechoslowakei ein.
Sie besetzten innerhalb von wenigen Stunden
alle strategisch wichtigen Positionen des
Landes. Es war die größte Militäroperation in
Europa seit 1945. Beim Einmarsch starben
98 Tschechen und Slowaken sowie etwa 50
Soldaten der Invasionstruppen. Europa, die
freie Welt, war geschockt. Die Begründung:
Die in der Verfassung festgelegte
sozialistische Staatsordnung ist durch
konterrevolutionäre Kräfte gefährdet worden.
Die mit den dem Sozialismus feindlichen
äußeren Kräften sind in eine Verschwörung
eingetreten. Die weitere Zuspitzung der

Situation in der Tschechoslowakei berührt die Lebensinteressen der Sowjetunion und der anderen sozialistischen Ländern, die Interessen der Sicherheit der Staaten der sozialistischen Gemeinschaft. Die Gefahr für die sozialistische Ordnung in der Tschechoslowakei ist gleichzeitig auch eine Gefahr für die Grundfesten des europäischen Friedens.

Die USA dominieren in der NATO. 1968: US-Präsident Lyndon B. Johnson. Der 60-Jährige hatte im März des Jahres angekündigt, nicht mehr für die Demokraten anzutreten. Der Präsidentschaftswahlkampf 1968 fand in einer der turbulentesten Zeiten der amerikanischen Geschichte statt. In einem Umfeld voller Wut, Gewalt und Feindseligkeit suchten Richard Nixon, Hubert Humphrey und George Wallace die Aufmerksamkeit der amerikanischen Wähler. Der Vietnamkrieg und die daraus resultierenden Proteste sowie die politischen Morde an Martin Luther King, Jr. und Robert F. Kennedy trugen zu diesen historischen und schwierigen Zeiten bei. Die Feindseligkeit gegenüber der amerikanischen Beteiligung am Vietnamkrieg veranlasste den amtierenden Präsidenten Lyndon B. Johnson, seinen Rückzug aus den Vorwahlen der Demokraten und dem Rennen, um die Präsidentschaft anzukündigen. Nach der Ermordung Robert Kennedys nach seinem

Vorwahlsieg in Kalifornien wurde Hubert
Humphrey zum Favoriten der etablierten
Demokraten, errang die Nominierung in
Chicago inmitten von Protestunruhen gegen
den Vietnamkrieg. Die Machthaber in der
Sowjetunion hatten gepokert. Eine schwache
Regierung wird nicht in einen Krieg eintreten.
Der „Prager Frühling" wurde gewaltsam
niedergeschlagen. Nach einer Woche wurden
alle Reformen ausgesetzt. Später unterstellte
die Sowjetunion einen Putschversuch. Die
NATO soll involviert gewesen sein. Es habe
eine „Einmischung" gegeben. Der Kalte Krieg.
Die Epoche von 1945 bis 1991 bezeichnet die
Zeit, die von der machtpolitischen Rivalität
zwischen den USA und der UdSSR sowie den
jeweils mit ihnen verbündeten Staaten
geprägt war. 1968 war ich mittendrin.
Es waren wohl die gefährlichsten Jahre im
Kalten Krieg. Spione hatten Hochkonjunktur.
Die Sowjets befürchteten einen Atom-Krieg,
ausgelöst seitens der USA. Die Amerikaner
zogen einen russischen Atom-Krieg in
Betracht. Erst mit Michail Gorbatschow
belebte sich wieder die eingefrorene
Diplomatie. Die Bündnissysteme in Ost und
West standen sich hochgerüstet gegenüber
und prägten jahrzehntelang eine bipolare Welt
mit unvereinbaren Ideologien.
Es herrschten unterschiedliche politische
Konzepte. Freiheit und Demokratie im

Gegensatz zur östlichen Sichtweise der totalitären Diktatur. Ebenso die Wirtschaftsformen: Marktwirtschaft gegen Planwirtschaft. Der Osten wollte die Durchsetzung und Entfaltung von Sozialismus und Kommunismus. Der Kampf gegen das „Wolfsgesetz". Der systematischen Ausbeutung der Menschen im imperialistischen Kapitalismus.
Vorangegangen war das Zerbrechen der „Hiltler-Koalition 1945. Ziel der Westmächte war nun die Ausbreitung des Kommunismus in Europa und auf der Welt zu verhindern. Insbesondere in der Spaltung Deutschlands und Europas zeigte sich der Kalte Krieg. Der „Eiserne Vorhang" bestimmte die Grenze zwischen Ost und West. Die 60er-Jahre waren geprägt von „Stellvertreter-Kriegen". Kongo-Krise, Kuba-Krise. Der Vietnam-Krieg. Die Mauer in der DDR 1961. Es gab erste Volksaufstände in Ländern, die demokratische Verhältnisse zurückwollten. Ungarn, Tchechoslowakei. Das Zerwürfnis zwischen Russland und China, das 1969 den Höhepunkt hatte, eskalierte zum Konflikt. Die Sowjetunion verlegte massiv Truppen an die chinesische Grenze. 25 Divisionen, 1.200 Flugzeuge und 120 Mittelstreckenraketen. Mao Zedongs suchte Entspannung zur USA. Der Westen griff beim „Prager Frühling" nicht ein. Der NATO-Alarm dauerte nur einen Tag.

Kapitel IX:
Soldatendienst 2.0

Ich hätte mir gar nicht wirklich vorstellen
können, dass sich so viele freuten, mich
wiederzusehen. Kameraden, Vorgesetzte.
Natürlich der Kompaniechef. Der
Bataillonskommandeur hatte wieder seinen
Lieblingsgegner beim Badminton-Spiel.
Und was merkwürdig war, ich bekam keine
Strafe für mein Fernbleiben.
Es gab ja das „schwebende Verfahren".
Man hielt sich bedeckt. Ich bekam ein eigenes
Zimmer. Wahnsinn! Unvorstellbar! Ich
bekleidete als Funker eine Stabsdienststelle!

Ich wurde Geheimnisträger. In dem
Stahlschrank in meinem Dienstzimmer waren
Dokumente aufbewahrt. Verschlusssachen.
Zentrale Dienstvorschriften. „VS-NUR FÜR
DEN DIENSTGEBRAUCH"
Es gab 99 Kenngruppen. Selbst die Übersicht
darüber war eine ZDv. Unteroffiziere und
auch hohe Offiziere gingen ein und aus bei
mir. Als „Beigabe" hatte ich die Urlaubskartei
der ganzen Kompanie zu verwalten.
Jeder Soldat hatte ein Datenblatt. Jeder
Dienstgrad. Unvorstellbar, die Soldaten und
Führungskräfte suchten mich auf. Wollten
ihren Urlaubsstand wissen. Wie viele Tage sie
noch haben? Ob sie Sonderurlaub beantragen

Können? Dafür gab es einige Anlässe. Ich versuchte, wo ich konnte zu helfen. Ja, UNS WERNER war 1968 in der Stabs-Kompanie zum heimlichen Chef aufgestiegen. Ohne einen Urlaubsschein von mir in die Wege geleitet ging nichts. Ohne eine ZDv ging nichts. Der Kompaniechef unterschrieb die von mir vorbereitete Postmappe. Ob ich das auch für mich ausnutzen konnte? Ich war der Herr der Urlaubskarten. Begehrt war die „Urlaubskarte bis zum Wecken". Praktisch der Passierschein für die Heimschläfer. Also wurde UNS WERNER auch ein Heimschläfer. Das Verlassen und Wiederkommen zur Kaserne war kein Problem. Im Kompaniegebäude schon. Der Unteroffizier vom Dienst durfte mich nicht sehen. Der wusste, dass ich kein Heimschläfer sein konnte. Und am Eingang des Gebäudes hatte er sein Dienstzimmer. Ich konnte also nur in die Kompanie-Unterkunft, kurz vor 5 Uhr, wenn er nicht in seinem Zimmer war. Auch riskant. Er war dann im Gebäude unterwegs, eben zum Wecken. Also setzte ich einen Trick ein. Das Fenster im Schlafraum, in unserer Stube also, blieb offen in der Nacht. Frische Luft tut bekanntlich gut. Kurz vor 5 Uhr kletterte ich durchs Fenster in die Stube. Beim Wecken war ich im Zimmer!

Meine eigene Urlaubskarteikarte wuchs an. Ich bekam des Öfteren Sonderurlaub.

Drei Tage glaube ich, für meine Vaterschaft.
Einige Tage für gutes Schießen. Auch
mehrere Tage für sportliche Leistungen.

Meine Funktion als „Vertrauensmann der
Mannschaften" oblag u.a. in der Beteiligung
bei Beschwerdeverfahren § 31/32 SBG,
Ahndung von Dienstvergehen § 28 SBG, aber
auch dem Einbringen von Vorschlägen. Für
Auszeichnungen, Verbesserungen im
Dienstbetrieb. Meine Meinung war geschätzt.
Vielen Soldaten konnte ich beistehen. Dazu
beitragen, dass die Strafen gering ausfielen.
Spindkontrolle kannte ich nicht mehr. Später
sah ich den UvD vor meinem Schreibtisch. Es
ging um Urlaub oder die Ausleihung einer
Vorschrift, die er für eine Schulung brauchte.
Die Vorschriften (ZDv) auszugeben, das war
auch weiterhin mein Job.

Im September 1968 startete das große
Bundeswehr-Manöver. Die Heeresübung
„Schwarzer Löwe" in Süd-Deutschland. Alles
war im Einsatz. Panzer, mobile
Raketenwerfer, Jagd-Flugzeuge, 200 Jets,
Hubschrauber, 42000 Soldaten, 15000 Rad-
Kettenfahrzeuge, auch die US-Armee dabei.
Rot gegen Blau.
Der Job an der Gulaschkanone war wohl
noch der Beste.

UNS WERNER brauchte nicht teilnehmen.

Kapitel X:
Die Verdächtigung

Einige Fälle prominenter, meist politischer Übersiedler, kennt man. Oftmals die Motive und die Hintergründe nicht. Täter hat es unter den Übersiedlern in die DDR gegeben. Verbrecher, die nicht in der BRD gefasst werden wollten. Enttarnte Spione, die auf der Flucht waren, sich in die DDR abgesetzt haben. Auch Bundeswehr-Deserteure. Überzeugungstäter, für die der Weg in die DDR eine „Flucht ins Traumland" war.

Für mich völlig unvorstellbar, dass ich in einen Spionagefall verwickelt werden konnte. Doch, es geschah. Was war passiert? Die Ausgabe von Ausbildungsmaterial, von Druckschriften, Waffenbeschreibungen zur Handhabung war Hauptaufgabe meiner Stabsdienststelle. Wohlgemerkt, mein Dienstgrad war Funker. Es gab nie Probleme. Der Abholer quittierte den Empfang der Dokumente, der ZDv. Ein hochrangiger Offizier, ein Oberstleutnant, dekoriert mit Dienstgradabzeichen Eichenlaub und zwei Sterne als Schulterabzeichen befahl mir aus „Organisationsgründen" über seinem Laufburschen die von ihm bestellten ZDv zukommen zu lassen. Der Laufbursche holte bei mir die ZDv Fernmeldewesen 50/... bis

59/... nach und nach. Auch dabei 56....,
Elektronische Kampfführung. Auch andere.
Über das Codewesen, usw. Bei dem nächsten
Kommen brachte er die Unterschrift des
Führungsoffiziers. Ich nenne ihn kurz M.
Das ging über Wochen so, klappte
hervorragend. Aus- und Rückgabe wurden
von mir schriftlich festgehalten. Ich machte
alles richtig. Aber handelte ich auch korrekt?
Durfte ich „Zug um Zug" mit „GEHEIM" ,auch
mit „STRENG GEHEIM" Aufdruck als Hinweis
so ausgeben?

Ich wurde zur Militärpolizei vorgeladen.
Wurde verhört, wie ein Krimineller behandelt.
Durfte mein Dienstzimmer nicht mehr
aufsuchen. Ich kam in eine Zelle. Einzelzelle!
Oberstleutnant M. hatte sich abgesetzt.
Auslandsgeheimdienst des MfNV?

Ich galt als Mittäter. Unfassbar. Jede
protokollierte Ausgabe wurde nachgeprüft.
Die wichtigste Ausgabe kam nicht zurück.
Auch keine Unterschrift über den
Laufburschen. Hilfe, ich war echt „im Arsch".
Anders kann ich das nicht bezeichnen. Aber
wie konnte eine Hilfe aussehen? Und wer
konnte mir in dieser Situation helfen?
Natürlich hatte meine Vernehmung eine
Berechtigung. Die Militärpolizei arbeitete
nach Anweisung. Der mich mehrfach
befragende Geheimpolizist, wahrscheinlich

Bundesnachrichtendienst, keine Ahnung.
Er stellte sich nicht vor. Sprach mich aber auf
meine Reise über mehrere Tage in die DDR
an. Ja, ich bin in Ost-Berlin gewesen.
Grenzübergang Köpenick. Geflogen. In
Tempelhof gelandet. Mein Schwiegervater ist,
als meine Ehefrau noch ein kleines Mädchen
war, in die DDR umgesiedelt. Steuerschulden
trieben ihn dahin. In das sozialistische
Paradies. Ich traf mich mit ihm. Ich erzählte
ihm, dass er Großvater geworden ist. Er
könnte jetzt wieder etwas gutmachen. Hatte
nie gezahlt für seine Tochter, meine jetzige
Frau. Das Bremer Sozialamt hatte gezahlt.
Für das Haus am Bremer Werdersee,
Bestlage, eine Grundschuld eingetragen. Ich
habe die Grundschuld ausgelöst. Das Haus
wurde so schuldenfrei. Er versprach, Geld zu
schicken. Es gab noch einen Erbteil im
Westen von seinen Eltern her. Auf das Erbe
wollte er verzichten, meiner Frau übertragen.
Die Geschichte ist wahr. Ob der
Geheimpolizist sie glaubte? Keine Ahnung.
Viele Rädchen drehten sich. Warum ich denn
einen Antrag auf vorzeitige Entlassung
gestellt habe? Fragen über Fragen.
Ermittlungen über Vorgänge, die ein
Dienstvergehen darstellen könnten, wurden
fallen gelassen. Ich wurde ich vom Arrest
freigelassen. Ich arbeitete wieder im
Stabsdienst in meinem Dienstzimmer.

Kapitel XI:
Die Entlassung

Kann man gegen die Bundesrepublik Deutschland gewinnen? Nun zog sich der Schadensersatzprozess schon einige Monate hin. Zwischendurch wurde ich wegen meines Antrages und des Widerspruchs gegen die Ablehnung zum Kreiswehrersatzamt bestellt. Bremen, Niedersachsendamm. Dort, wo ich die Musterung zweimal absolvierte. Innerlich war ich zerrissen. Ich hatte einen Traum-Job in der Kompanie. Die „Spionage-Aktion", meine Verdächtigung einer „Mitwirkung" hatte sich nicht bestätigt. Meine Reise nach Ost-Berlin, sicherlich nachgeprüft, in Ordnung befunden. Als Bundeswehrsoldat durfte ich nicht mit dem Auto in die DDR. Ich flog mit einer britischen Linie. Alles war korrekt. Mein guter Leumund wurde in der Kompanie und von der Bataillon-Kommandantur bestätigt. Meine „Soldaten-Akte" glänzte durch gute Leistungen. Meine „Fehltritte" übersah man. Sicherlich bewusst, denn gewisse Machenschaften von Vorgesetzten waren sicherlich bekannt, sollten aber wohl nicht „hochgekocht" werden. Ich denke, gewisse Leute wussten, mit wem sie sich anlegen würden. UNS WERNER, dem Rebellen? Nein, ganz und gar nicht. Ich stehe für deutsche Tugenden. Ich wurde noch befördert zum Gefreiten.

Der Entlassungsbescheid kam kurz vor Weihnachten 1968. Den Prozess um Schadensersatz gewann ich auch. Aber hatte ich nun gewonnen oder verloren? Lange und vielleicht noch heute beschäftigt mich die Frage. Der HANSA-GRILL war weg. Man erzählte mir von der Goldgrube, die er war. Den Imbiss gab es übrigens noch in den Jahren kurz vor Corona. Ich besuchte meine Tochter, mein Enkelkind, die Familie. Meine erste Selbstständigkeit war gescheitert. Musste ganz bei null anfangen. Ganz neu starten. Hatte eine junge Familie. Baute das Bremer Haus um. Sanierte es. Erweiterte es um einen Anbau. Einen Flachbau mit Garage. Dort zog meine Schwiegermutter ein. Meine junge Familie wohnte lange Jahre im Haupthaus. Bis Anfang der 90er Jahre. Nach der Angestelltenzeit von 1969 bis 1986 machte ich mich selbstständig. Neben einem Spezialitätengeschäft in der Bremer Innenstadt, in der LLOYD PASSAGE, das ich 10 Jahre führte, avancierte ich 1987 zum Finanzkaufmann. Die Lent-Kaserne wurde 2020 umbenannt in Von-Düring-Kaserne.

Ausdrücklich möchte ich erwähnen, dass ich die Zeit bei der Bundeswehr nicht missen möchte. Eine Wehrpflicht in der Bundeswehr befürworte. Sie war prägend für mich. Formte mich für mein späteres Leben.

Kapitel XII:
Zeitzeuge Werner

Am **1.4.1969** begann ich meinen Job als Kfm. Leiter, den ich 17 Jahre hatte.

Mond. **21.7.1969**. Um 3.56 realisierte Neil Armstrong vor mehreren Hundert Millionen Menschen an den Fernsehern den Traum der Menschheit. Ein Mensch ist auf dem Mond. Es ist gelungen. Mit dem Flug von Apollo 11 und der Landefähre Eagle ist es gelungen. Dreieinhalb Millionen Liter Treibstoff in den Tanks der Saturn-V-Rakete. Eine Million Menschen war am Start dabei.

Am **28.9.1969** für mich der Schock. Eine erste sozialliberale Koalition in Deutschland. Deutschland auf Ostkurs.
Ich konnte das alles nicht richtig einordnen.
Klar, das Ziel der Versöhnung und die Wiedervereinigung waren okay für mich. Aber der Weg? Ich traute dem Osten nicht. Und ein Widerstandskämpfer in Norwegen, wo mein Vater kämpfte, jetzt Bundeskanzler.
Willy Brandt alias Herbert Frahm.
Ich war fertig mit der Welt. Meine Haare wurden länger. Nicht nur in Woodstock gab es die Hippies. Der Vietnam-Krieg weitete sich aus auf Kambodscha und Laos.

1970 beginnt mit dem Schulmädchen-Report die freie Sex-Bewegung.
Andreas Baader und Ulrike Meinhof, noch 1967 Journalistin, fliehen ins Ausland.

Am **8.3.1971** verlor Muhammad Ali (Cassius Clay) gegen Joe Frazier. Für mich war nun nichts mehr in Ordnung.
SPD Kanzler, Clay nicht mehr Weltmeister, Rolls-Royce meldet Konkurs an, der Vesuv droht auszubrechen, in Uganda putscht Idi Amin. Okay, die Schweiz führt das Frauenwahlrecht ein. Immerhin.
Die deutschen Frauen demonstrieren für die gesetzliche Freigabe der Abtreibung.
Und Honecker löst Ulbricht ab.
Und die Studenten bekommen ein Geschenk, wurden wieder an die Leine gelegt. BAföG.
In Vietnam wird jetzt mit Napalm gekämpft.
Aber wir schauen Star Trek. Schön in Farbe.
Nixon wird wiedergewählt. Er hat es nun mit China. Aber Watergate naht.

Die Olympiade **1972** in München erschüttert uns mit dem Terror-Überfall. Aber Mark Spitz gewinnt 7 Mal Gold.Die wohl beste deutsche Mannschaft wird Fußball-Europameister.
Mit Beckerbauer, Müller, Netzer, Breitner, Hoeneß, Sepp Maier usw. Ja auch Eisenfuß Höttges von Werder Bremen. Gegner war die UDSSR. Da war doch wieder alles klar gerückt. Und die Sozis? Kaufen mit 50.000 DM die Stimme von Julius Steiner. So bleiben sie glücklich noch an der Regierung. Am 26.9. wurde die GSG 9 gegründet.

Am **28.1.1973** tritt der Waffenstillstandsvertrag mit Vietnam in Kraft. Rund 1,5 Millionen Tote. Rund 58.000 US-Soldaten. Viele Rückkehrer haben schwere Probleme mit dem normalen Leben.

Die Araber überfallen Israel und drehen den
Ölhahn zu. Die erste Ölkrise. Bisher bezahlte
ich 8,6 Pfg für einen Liter Heizöl. In dem
Winter 46 Pfg. Autofreier Sonntag. Fußgehen
auf der Autobahn. Gab es nicht noch einmal.

1974 wird Portugal nach 41 Jahren Diktatur
demokratisch. Auf Zypern wird geputscht und
die Machthaber in Griechenland geben die
Regierung wieder den zivilen Kräften.
Willy Brandt stürzt über seinen DDR-Spion
und Nixon über sein Watergate. Deutschlands
Fußball toppt noch mal und wird Weltmeister.
Und Muhammad Ali holt sich den wegen
Wehrdienstverweigerung aberkannten Titel
gegen George Foreman zurück.

22.11.1975 in Madrid. Juan Carlos besteigt
den Thron. Nach 44 Jahren ist Spanien
wieder Monarchie. Der König fördert die
demokratischen Reformen. Unter 40-jähriger
Franco-Herrschaft war Spanien weitestgehend
isoliert. Die wirtschaftliche schlechte Lage
brachte vorsichtige Reformen, das Regime
ging gegen den Untergrund hart vor. Die
Todesstrafe wurde noch 1975 praktiziert.
Zahlreiche Staaten zogen Botschaften zurück.
Selbst Mexiko verlangte den Ausschluss
Spaniens aus den UN.
In Deutschland kommt der Terror der RAF in
Bewegung. Die Gründer werden in
Stammheim wegen 4-fachen Mord, 54-fachen
Mordversuches und Sprengstoffanschläge
sowie Bildung einer kriminellen Vereinigung
angeklagt. 300 Strauß-Freunde der Bremer
CDU wollen einen CSU-Landesverband

gründen. „Strauß-Freundeskreis in Bremen.
Der Plan wird zerschlagen. Kohl und Strauß
„einigten" sich. Mein Weg in die Politik damit
vorbei.

1976 findet in Südafrika der größte Aufstand
gegen die Apartheid statt. Am **9.9**. stirbt Mao.
Die Vierer-Bande mit Maos Witwe kämpft um
die Macht. Die Witwe wird am 7.10. mit ihren
Anhängern verhaftet.
Der beliebte Niki Lauda verunglückt am 1.8.
schwer auf dem Nürburgring.
Am **3.10**. gewinnt die CDU die Wahl.

Am Dienstag, **16.8.1977** stirbt im Alter von
42 Jahren das Idol Elvis Presley. Der King of
Rock ´n Roll löst Trauer und Bestürzung in
aller Welt aus.
17.10. Die GSG 9 stürmt die Lufthansa-
Maschine „Landshut". Befreit alle Geiseln mit
der Operation „Feuerzauber". Kommandeur
Ulrich Wegener.
Die RAF ermordet Jürgen Ponto und Siegfried
Buback und Hans-Martin Schleyer.

Das Jahr **1978** bringt die Unruhen im Iran.
Und es gibt drei Päpste in einem Jahr.
Das erste Retortenbaby.
Reinhold Messner auf dem Mount Everest.

Im Jahr **1979** setzt sich die NATO mit der
Nachrüstung durch. Pershing gegen SS 20.
Durch Verhandlung wird erreicht, dass die
Sowjets abziehen. Im Iran kommt Ajatollah
Khomeini aus dem Exil zurück. Der Schah ist
gestürzt. Er hat keinerlei religiöse, politische

Legitimation. Selbst die mit US-Hilfe
aufgebaute Armee kann die Machtübernahme
nicht aufhalten. Er verlässt Persien.
Die Sowjets marschieren in Afghanistan ein.
Im Irak setzt sich Saddam Hussein an die
Spitze des Staates.
Im Nahen Osten schließen Sadat und Begin
den 1. Frieden.
Und erstmals sind die Grünen in einem
Parlament. In Bremen überschreiten sie die
5-%-Klausel mit 5,14 % und vier
Abgeordneten.

Wir haben **1980**. Ein neues Jahrzehnt.
Ich bin jetzt 33 Jahre alt. In welch einer Welt
lebe ich? Warum vielerorts Mord, Totschlag,
Krieg, Terror, Diktatur? Wo sind die Kräfte
des Friedens? Sie sind da.
In Polen erzwingen Arbeiter eine freie
Gewerkschaft. Ein Hauch von Anfang. Die
schlechte Versorgung der Bevölkerung hat die
Leute aufgebracht.
Ihr Anführer Lech Walesa. 1983 erhielt er den
Friedensnobelpreis.

In Afghanistan gibt es ein militärisches Patt.
Millionen fliehen nach Pakistan. Der erste
Beatle wird ermordet. Unfassbar. Ein Fan
erschießt John Lennon auf der Straße beim
Verlassen des Wohnhauses.
Eine Hoffnung auf Comeback der Beatles ist
damit für immer dahin.
Dynamo Dresden wird Fußballmeister in der
DDR.
In Deutschland tobt der Wahlkampf.
Sachthemen bleiben im Hintergrund.

Eine persönliche Schlammschlacht zwischen
Schmidt und Strauß, FJS. Es geht um die
Richtung in Deutschland. Mehr nach links
oder nach rechts. Schmidt wird Kanzler. Mit
der Vergiftungskampagne Sicherheit und
gegen den angeblichen Kriegshetzer Strauß.
Der starke Bayer will den Kommunisten die
Stirn zeigen. Helmut Kohl war ihm zu
schwach. Es hat nicht geklappt. Es kommt
eine harte Oppositionszeit.
Es kommt die Zeit der Schauspieler. In den
USA ist Ronald Reagan Präsident. Alles ist
möglich.

1981, das Jahr der Attentate. Auch auf ihn
ein Attentat: Sadat wird ermordet.

13.5. in Rom Attentat auf den Papst.
Johannes Paul II.wird auf dem Petersplatz
lebensgefährlich verletzt. Ein Putsch in
Spanien bricht zusammen. Die USA beginnen
mit dem neuen Weltraumprogramm. Shuttle
statt Einwegraketen.

Am **29.7.** in London die britische
Traumhochzeit. Die 20-jährige Lady Di
heiratet den Thronfolger Prinz Charles. Die
neue deutsche Welle rollt in der Musik. Mit
Schimanski wird der Krimi TV locker.

1982 der Falklandkrieg. Die Argentinier
überfallen die britische Kronkolonie. England
schickt 36 Kriegsschiffe und macht kurzen
Prozess. Die Argentinische Militärjunta
zerbricht an der Niederlage.
Rund 1000 Soldaten sterben.

Am **1.10.1982** beginnt die Ära Helmut Kohl.
Durch ein Misstrauensvotum klappt es
diesmal. Nach 13 Jahren die politische Wende
in der BRD.
Die Schallplatte hat ausgedient. Die
Digitaltechnik soll die Analogtechnik ablösen.
CD ist jetzt das Maß aller Dinge.

1983 hält Reagan seine berüchtigte „Krieg der
Sterne" Rede. Die USA wollen ein
Abschirmnetz für Raketen im Weltall
installieren.
Hitlers Tagebücher! Der Flop des Stern.
Michael Jackson bricht mit „Thriller" LP alle
Rekorde. In 2 Jahren wird sie 40 Millionen
Mal verkauft. Er schließt den größten
Werbevertrag aller Zeiten ab, mit Pepsi Cola
über 5 Millionen Dollar.

Am **28.11.** ist mit Ulf Merbold an Bord der
Columbia-Raumfähre der erste Deutsche
Bundesbürger im Weltraum.

Am **31.10.1984** fällt die Hoffnung für Frieden
und Freiheit Idira Gandhi einem Sikh-
Attentat zu Opfer.
In Deutschland beginnt die Schlacht um
Kabel- und Satellitenfernsehen.

11.3.1985. Michail Gorbatschow wird
Kremlchef. Boris Becker gewinnt Wimbledon!
Mit 17 Jahren, ungesetzt. Noch 5 Mal war er
im Endspiel, noch 2 Mal war er siegreich.

Am **13.2.1985** wird die Semper-Oper in
Dresden wiedereröffnet.

Am **8.5.** hält Richard von Weizsäcker als
Bundespräsident seine viel beachtete Rede.
Der 8.5. ist kein Tag des Jubels. Er ist ein Tag
des Gedenkens. Die bedingungslose
Kapitulation tritt um 23.01 Uhr in Kraft. Der
Weltkrieg kostete 36 Millionen Menschen,
darunter 5 Millionen Deutschen, das Leben
und brachte totale Verwüstung.Er erinnert an
den 30.1.1933, dem Tag der Ernennung Adolf
Hitler zum Reichskanzler.
Ich habe lange gebraucht, um
herauszubekommen, wie es möglich war, dass
so etwas in Deutschland passieren konnte.
Dabei war doch sein Programm bekannt. Mir
war klar, durch das Ermächtigungsgesetz
konnte die Verfassung umgangen werden.
Alles nahm seinen Lauf.
Weitere Gesetze wie das Reichsbürgergesetz
und das Gesetz zum Schutze des deutschen
Blutes und der deutschen Ehre folgten 1935.
Heute von einer Täuschung zu sprechen, ist
infam, heuchlerisch. Alles war geplant und
vorhersehbar. „Wehret den Anfängen!"
Mein Weltbild gegen Gewalt gerät in Wanken.
Gewalt gegen Gewalt ist Befreiung. Das ist
Gottes Wille. Darum habe ich größten
Respekt vor allen denen Soldaten, die zur
Befreiung ihr Leben einsetzten und denen, die
es verloren haben. Der Umgang mit
13./14.2.1945, der Bombennacht von
Dresden, betrübt mich sehr. Ebenso viele
Einzelschicksale. Auf beiden Seiten.

1986 der Gau. Tschernobyl. Die
Auswirkungen? Rund 580000 Menschen ihrer
Bevölkerung bescheinigt die Sowjetunion

künftige Folgen. 200.000 qkm sind radioaktiv
verseucht. 30-40 mal mehr als bei der
Atombombe von Hiroshima! Die Diskussion
um Kernenergie wird dadurch weiter
angefacht.
Aids als Geißel der Menschheit, seit 1981
bekannt, wird jetzt weltweit auf 10 Millionen
Infizierten geschätzt. Die als „Schwulenpest"
diffamierte Krankheit nimmt gesellschaftliche
Formen an. Jeder ist gefährdet.

Die RAF bombt weiter Menschen in die Luft.
Steffi Graf ist auf dem Tennisthron.
Und in der Schweiz liegt der CDU-Politiker
Rainer Barschel in der Badewanne. Sein
mysteriöser Tod konnte nicht aufgeklärt
werden.
Werner ist nun vierzig Jahre alt. Startete in
Bremen in die Selbstständigkeit.

1987. Willy Brandt tritt als SPD Chef ab.
Honecker kommt 5 Tage in den Westen.
Offizieller Besuch. Welche Wandlung. Kohl
auf gutem Weg zur Entspannungspolitik. Ich
hatte mein eigenes Büro als Finanzkaufmann.

1988. Der achtjährige (!) Irak-Iran Krieg
endet. Die Russen verlassen Afghanistan
nach 8 Jahren, der Krieg geht weiter. Bereits
1,5 Millionen Tote.
Gorbatschow gerät in Not.
Der Lockerbie-Anschlag mit 270 Toten beim
Jumbo Absturz.
Die Gen-Technologie wird Streitfaktor.
In der DDR werden 200.000 Trabis gebaut.
Die Wartezeit beträgt 12 Jahre und mehr.

1989 das Jahr der Deutschen. Nach 28 Jahren fällt am 9.11. die Mauer. Europa verändert sich über Nacht. Die Reformen im Osten nehmen zu. Nur China hält ihr Herrschaftsmonopol aufrecht. Verhaftungen und Blutbad, Panzer gegen Studenten. Die DDR fällt. Kurz nach dem 40-Jährigen ist Schluss. Die gewünschten Reformen lassen sich nicht umsetzen. Zwei Deutsche Staaten nebeneinander ein Traum einiger zerplatzt.

3.10.1990. Die Deutsche Einheit tritt in Kraft. In Südafrika ist das Ende der Apartheid in Sicht.Nach 27 Jahren Haft ist Nelson Mandela frei. Deutschland zum 3. Mal Weltmeister. Saddam marschiert in Kuwait ein, 500 Millionen Liter Öl werden in den Persischen Golf geleitet. Täglich verbrennen 220000 Liter Rohöl. Der Balkan-Krieg beginnt.

1991. Die UN-Truppen befreien Kuwait. Der Vielvölkerstaat Jugoslawien zerfällt. Es kommt zum offenen Bürgerkrieg. Jelzin und Gorbatschow beschließen die Auflösung der UDSSR. Nach Verbot der KPdSU und Anerkennung von anderen Staaten tritt als Nachfolge die GUS in Kraft. Gorbatschow tritt zurück. Nach 16 Jahren wieder Friede im Libanon. Juden und Araber eröffnen ihre Friedensgespräche. Europa legt Fahrplan mit dem Maastricht-Vertrag. Ötzi taucht auf. Eventuell 5000 Jahre vor Chr. soll er gelebt haben. Ich eröffnete Büros in Cottbus und Leipzig.

1992 eskaliert der rechte Terror in
Deutschland. Vornehmlich im Osten. Auf dem
Balkan tobt die ethnische Säuberung. Der
UN-Einsatz bringt keinen Frieden.
Die bislang größte Konferenz über
grundlegende Prinzipien der Umwelt- und
Entwicklungspolitik findet statt. Auf einen
Gegengipfel treffen sich 13000 Vertreter von
600 Umwelt- und Naturschutzorganisationen
und beraten über Schritte zur Rettung des
Planeten.

13.9.93 in Washington. Israel gewährt
Palästinensern Autonomie.
Im Januar war Bill Clinton als Demokrat an
die Macht gekommen.
Die Tschechoslowakei ist zweigeteilt. Am

17.1.1994 Erbeben in Los Angeles.
Astronomen entdecken einen Stern mit der
Leuchtkraft von über 1 Million Sonnen!!!
Am 6.5.94 wird der Tunnel unter dem
Ärmelkanal eröffnet.
Freie Wahlen in Südafrika.
Es folgen Unruhen in Ruanda. 500.000
Menschen werden abgeschlachtet und die
Welt schaut zu. 1,7 Millionen sind auf der
Flucht.
Russland marschiert in Tschetschenien ein.
Schumi ist Weltmeister.

Das Jahr **1995** bringt Henry Maske erneut
die Weltmeisterschaft im Halbschwergewicht.
Am 21.11. beendet das Dayton-Abkommen
den Balkankrieg. Letztlich durch die NATO-
Eingriffe auf die bosnischen Serben.

In Tel-Aviv erfolgt am 4.11. ein Mordanschlag,
dem Rabin zum Opfer fällt.
Der Täter ist ein radikaler Israeli.

1996. Die Fronten im Nahen Osten verhärten
sich. Arafat wird Vorsitzender des
Autonomierates. Praktisch Präsident der
Palästinenser.
In Kabul entscheidet sich der Bürgerkrieg
zugunsten der Gotteskrieger. Die Taliban
erklären den totalen islamischen Staat.
Die Telekom Aktie lässt viele Deutsche
träumen.Und ab jetzt gibt's beim Bäcker
gesetzlich geregelt auch sonntags Brötchen.
Werner ist fünfzig. Verkauft sein Bauernhaus
in Moordeich. Wohnt in Cottbus.

1997. In Hannover gibt es zum 50. Mal die
Hannover-Messe. Eine Million Menschen sind
auf der Berliner Love-Parade. Bayern
München wird zum 14. Mal Deutscher
Fußballmeister. Im Alter von 122 Jahren
stirbt die älteste Frau der Welt und Jan
Ulrich gewinnt die Tour de France.
Der letzte Staatschef der DDR Egon Krenz
wird wegen Totschlags zu 6 ½ Jahren Haft
verurteilt. Pete Sampras gewinnt Wimbledon.
Werner zieht nach Dresden. Eröffnet ein
Büro.
Schock für die Welt! Tod der Königin der
Herzen. Prinzessin Diana verunglückt mit
ihrem Begleiter und Fahrer tödlich. Nur der
Leibwächter überlebt.
Hongkong, nach 156 Jahren britisch, jetzt zu
China und wird Sonderverwaltungszone. Bis
zum Jahr 2047 sollen das kapitalistische

System und die Lebensweise nicht angetastet werden.

Im Jahr **1998** muss Bill Clinton während seiner 2. Amtszeit die Affäre mit seiner Ex-Praktikantin eingestehen. Da er auch nur ein Mann ist, wird ihm verziehen.

Am **20.4.** erklärt sich die RAF nach 28 Jahren Terror für aufgelöst.
Der Film „Titanic" wird mit 11 Oskars ausgezeichnet.
Daimler und Chrysler heiraten. Die Rolling Stones treten erstmals in Moskau auf.
Helmut Kohl, der Kanzler der Einheit, wird abgewählt. Der „Genosse der Bosse" Gerd Schröder kommt an die Macht. Ich habe diesen Mann noch in bester Erinnerung als Juso-Vorsitzender in jungen Jahren, er ist nur 3 Jahre älter. Bremen-Hannover das war nicht weit entfernt.
1978 war er dann Bundesvorsitzender der Jusos. Der soll sich geändert haben?
Ich sah nichts Gutes auf Deutschland zukommen.
Pakistan hat als erster islamischer Staat die Atombombe.
Und ein Fußballwunder in Kaiserslautern.
Der Aufsteiger wird Meister. Sag ich doch. Alles ist möglich.
Trainer ist Otto Rehhagel. Mein Freund aus Bremer Zeiten.

1999. 1.1. Der Euro. Exakt 1,95583 DM wert. Ich habe schlimme Befürchtungen.
Noch drei Jahre galt die DM als Bargeld.

Aber die DM gehört mit zu den Verlierern.
Auch wenn es niemand wahrhaben will.
Heute wissen wir alle Bescheid. Von wegen
2:1. Gefühlt ist 1:1.
Ich habe zum 2. Mal geheiratet. In Cottbus.
In Frankfurt/M. das Seminar bei Anthony
Robbins besucht. Den „Feuergang" auf heißer
Kohlenglut absolviert.

2000 ist das Millennium Jahr. Ein neues
Jahrhundert. Das 21. Was wird anders.
Die Silvester-Feier auf der ganzen Welt waren
fantastisch.
Das letzte Mal mit der Concorde im neuen
Jahr losfliegen und zum neuen Jahr in New
York. Gigantisch. Mein Ziel. Auf dem Empire
State Building mit dem großen roten Herz das
Sektglas und die Liebste. Das Geld dafür
hatte ich zusammen. Aber dann doch nicht
gemacht. Das Gefühl war dabei nicht so gut.
Anschläge in der Welt häuften sich. Jeden
Monat weltweit ca. 10 Tausende Tote und
Verletzte. Wir waren auf dem Kirchturm in
Cottbus. Die Heimatstadt meiner Ehefrau.
War auch romantisch. Einmalig.
Es sollte der Tag kommen, der die Welt
verändert wird.
Ich habe jahrelang ein Tagebuch geschrieben.
Irgendwann habe ich damit aufgehört. Habe
nur noch Positives aufgeschrieben. Für viele
Jahre wird Dresden mein Domizil sein. Ich
stürzte mich in meine nächste Karriere.
Begann mit meinem ersten Buch. Schrieb
MISSION WOW! Alles ist möglich. Und als
2. Buch ANGEKOMMEN! Ein Mann steigt um.
Meine 1. Autobiografie.

Kapitel XIII:
Die Wirklichkeit

Jeder sieht, was er sehen will. Jeder
betrachtet die sich vorgestellte Wahrheit als
seine. Ich habe damit kein Problem. Die
eigene Meinung ist wie Beton. Meine auch.
Stark, fest verankert. Das war so, das ist so,
das wird immer so sein. Ich sehe vor Augen,
was noch kommen wird. Sehe, was sich
anbahnt, was im Gange ist. In Deutschland,
in Europa, in der Welt. Jede Medaille hat zwei
Seiten. Wer hat Schuld, wer ist Täter? Es gibt
Fakten. Menschen sterben bei Kriegen.
Unschuldige, auch Soldaten. Menschen
sterben bei zunehmenden Naturkatastrophen.
Menschen sterben auf der Flucht. Ja, auch
bei der Flucht in ein besseres Leben.
Menschen sterben an Hunger. Kriegerische
Handlungen nehmen zu. Von vielen wird gar
nicht berichtet. Politische Konflikte nehmen
zu. Eine zentrale Ursache dafür ist die
Zuspitzung des globalen Ordnungskonflikts
zwischen liberalen Demokratien und
autokratischen Regimen, der auch in den
verschiedenen Konfliktregionen ausgetragen
wird. Die erbarmungslose Wirklichkeit:
Aktuell toben 43 innerstaatliche Konflikte
und Kriege. Die Zahl der Opfer und
Flüchtlinge nimmt zu. Es wird geschätzt, dass

rund 100 Millionen Menschen auf der Flucht sind. Für viele ist Europa ein Ziel. Wir haben eine Zeitenwende. Unsere Bundeswehr (Stand 8/24) ist auf drei Kontinenten, mit ca. 2000 Soldaten u. Soldatinnen in 17 Einsätzen und Missionen. Nun wird wieder die Landes- und Bündnisverteidigung vorne angestellt. Gut und Böse liegen dicht beieinander. Auch Gesellschaftsformen wie Demokratie und Diktatur. Auch die Römer waren zuletzt reich und schwach. Das Imperium zerfiel.

„Der Irrtum wird nicht zur Wahrheit, weil viele daran glauben."
Und, „Wer die Wahrheit kennt und sie eine Lüge nennt, ist ein Verbrecher".
Ja, „Die Menschheit nimmt rapide zu. Die Intelligenz bleibt eine Konstante". Bekannte Zitate! Auch, „Muss ich mich dafür entschuldigen, dass ich schlauer geworden bin?" Alles bekannte Zitate.

Wie wäre eine Welt ohne Soldaten, ohne Waffen? Natürlich wunderbar. Anzustreben. Realistisch? Nein! Wie sieht es mit der Freiheit aus? Wer würde sie verteidigen? Ein Soldat ist nicht einfach eine Person, die in einer Streitmacht kämpft oder einfach jemand, der in der Armee ist. Das entspricht nicht einmal annähernd der eigentlichen Definition eines Soldaten. Ein Soldat ist eine

Person, die bereit ist, sein eigenes Leben für den Schutz seines Landes und deren Bürger zu opfern. Aufrichtigkeit, Loyalität, Kameradschaft und Tapferkeit. Das sind die Eigenschaften, die einen Soldaten bei der Bundeswehr ausmachen. Die Innere Führung vermittelt diese Werte. Menschenwürde, Freiheit, Frieden, Gleichheit, Solidarität und Wahrung der Demokratie. Diese Werte sind fester Bestandteil in der Ausbildung. Um sie einzuhalten, setzt der Soldat im äußersten Fall sein Leben aufs Spiel. Die Innere Führung kann als Unternehmensphilosophie der Bundeswehr angesehen werden. Ich denke in den Jahren meiner Dienstzeit 1968 bis heute, in über 50 Jahren hat sich viel verändert, entwickelt und wird weiter entwickelt werden.

„Wandel durch Handel". Denke, diese ökonomische Ideologie ist gescheitert! Noch vor 18 Jahren ging ich durch Moskau, als wäre es Paris oder London. Ich erlebte ein offenes Gesellschaftsbild. Bei Besuch in Hongkong erlebte ich es ebenso. Alles Vergangenheit. Wir Menschen unterliegen den Naturgesetzen. Das Stärkere will siegen. Über den Schwächeren. Der Schwächere will sich schützen. Ein starkes Land ist das, welches ein starkes Militär hat. Seine Bürger schützen kann. Die Freiheit sichert, eines jeden Einzelnen. Ohne Sicherheit keine Freiheit.

Was ist die „Allgemeine Erklärung der Menschenrechte" wert? Sie entstand 1948. Mit ihr gab es erstmals grundlegende Rechte und Freiheiten für alle Menschen. Im Artikel 1 heißt es: Alle Menschen sind frei und gleich an Würde und Rechten geboren. Im Artikel 2 wird beschrieben der Anspruch auf diese Rechte ohne irgendeinen Unterschied nach Rasse, Hautfarbe, Geschlecht, Sprache, Religion, politischer Überzeugung, sozialer Herkunft, Vermögenslage oder sonstigem Stand. Das Zustandekommen war schwierig. Kommunistisch geführte Länder wie Russland, auch Süd-Afrika, Saudi-Arabien u.a.enthielten sich. Der Kompromiss? Die Menschenrechtsdeklaration ist kein völkerrechtlich bindendes Recht. Nur ein von den Völkern anzustrebendes Ideal.

Es ist Zeit, wenn deine Erinnerungen wie Offenbarungen kommen. Wenn der Blick auf das Wesentliche stärker wird, zunimmt. Die Sicherheit, deine Pläne. Wenn du beginnst nachzudenken, du ein inneres Leuchten verspürst. Alte Ketten sprengst, einen neuen Weg gehen willst. Dein Körper voller Energie ist, du dich Ernst nimmst. Die Angst verlierst. Abschied nimmst von alten Gewohnheiten. Neue Dinge siehst.
Einfach losgehst.

Anhang 1:

Textauszüge aus Kapiteln meiner Kriminalromane

Einige meiner Romanhelden werden in Kapiteln bei militärischen Einsätzen und dem Erlebten beschrieben. Sozialkritische Themen flossen durch ein umfassendes Wissen und Recherchen in meine Romane ein.
Ich empfehle hineinzulesen.

Hier die Auszüge:

IM SCHATTEN

DES BÖSEN

© 2024 Werner R.C. Heinecke

Herstellung und Verlag:
BoD – Books on Demand, Norderstedt.
ISBN: 9783757887353

Romanfigur: Jürgen Ahrend, Roland Borchert
Bundeswehrsoldat, Fremdenlegionär

5

Chamerau

„**M**ein Beileid."
„Danke, schon in Ordnung. Komm rein. Wir sind gerade beim Frühstück."

Jürgen Ahrend trat schnell ins Haus ein. Britta Meinert stand in der Küche am Herd. „Kommst gerade richtig. Gibt Rührei mit Schinken. Da vorn steht das Müsli. Bedien dich, Jürgen."
Jürgen sah beide Frauen ungeschminkt. Die Augen verquollen, sicherlich bedingt durch das viele Weinen.

„Britta war die Nacht hier bei mir, sie hatte auf Hagen aufgepasst, ihn dann zu Bett gebracht."
Jürgen Ahrend sah die beiden geleerten Weinflaschen. „War er wenigstens gut?"
„Meinen Kopfschmerzen nach, wohl eher nicht."
Alle Anwesenden vermieden es, Worte zu der Tragödie zu sprechen. Ein jeder steckte in tiefen Emotionen. Keiner von ihnen hatte die furchtbare Situation verarbeitet. „Kaffee, Tee,

alles da. Wenn du Orangensaft möchtest, der
steht im Kühlschrank."
„Danke, alles bestens."

Dann platzte es Ingrid Schuster heraus.

„Wenn ich nicht solch eine Scheiße gebaut
hätte, würden beide noch leben. Das denkst
du doch bestimmt, oder?"
Jürgen Ahrend blieb kühl. Langsam kamen
die Gedanken an die Zeit, als er mit Ingrid
Sex hatte. Erinnerte sich an die heißen Sex-
Phasen mit der Frau, die bewusst in den
Kneipen auftauchte, wo sie als
Bundeswehrsoldaten schon mal die „Sau"
herausgelassen hatten. Eine Beziehung kam
damals für ihn nicht infrage. Er hatte sich
gemeldet für den Auslandseinsatz der
Bundeswehr in Afghanistan. Auf Wunsch der
afghanischen Regierung wurde das
Operationsgebiet der ISAF ausgeweitet, um
auch außerhalb von Kabul für Sicherheit und
Stabilität sorgen zu können. 2004 war es
dann so weit. Im Rahmen des ISAF-Mandates
führte der Einsatz nach Fayzabad. Ein
sogenanntes PRT, Provincial Reconstruction
Team, für den regionalen Wiederaufbau.

„Du warst in Afghanistan?"
Britta wollte mehr erfahren.
„Die Stabilisierungsmission am Hindukusch.
Es war der Beginn des Wandels in der

Bundeswehr von einer Verteidigungsarmee zu einer Einsatzarmee."
Jürgen Ahrends Blick war insichgekehrt, nach unten gerichtet. „Keine gute Erinnerung. Im Gegenteil. Es ist eine harte Zeit gewesen. Viele von uns wurden nicht nur körperlich, sondern auch seelisch verwundet."

„Können wir nicht über andere Dinge sprechen?" Ingrid Schuster gefiel das Thema nicht. In ihre Trauer mischte sich Wut. Jürgen wollte Spaß haben mit ihr, keine Verantwortung übernehmen für ein gemeinsames Leben. „Ingrid hat recht."

Das Gespräch wurde ohnehin beendet, weil der kleine Hagen in die Küche gekommen war.
„Hallo, kleiner Mann."
Jürgen Ahrend musterte den Jungen von oben bis unten. „Du siehst toll aus. Wie heißt denn dein Teddy?"
„Das ist Bob, der Bär. Er ist gaaaanz stark."
„Das sehe ich. Er trägt eine Latzhose."
„Wer bist du?"
Ingrid Schuster schaltete sich ein. „Das ist ein Kamerad von Papa, Herr Ahrend."
„Kommt Papa heute nach Hause?"

Ingrid Schuster fühlte sich orientierungslos, so, als hätte sich die Welt aus ihrer Achse verschoben. In wenigen Stunden hatte sich alles in ihrem Leben verändert. Mitten hinein in diesem Gefühl platzte der Anruf der Hausbank. Man bat sie in den nächsten Tagen auf der Filiale Regensburg in der Maximillianstraße zu erscheinen.

1

Westerland

Ich hatte einen kräftigen Biss von einem Energieriegel genommen. Atmete die frische Morgenluft ein. Der heutige Tag versprach ein klares Wetter, kühl, aber sonnig, nur wenig Wind. Das Telefon klingelte, meine Verlegerin wollte mich sprechen. „Hi, Silke, was verschafft mir die Ehre, so früh am Morgen?" „Moin, Moin, hat der Erfolgsautor Jürgen Ahrend ein paar Minuten Zeit? Ich lese gerade im Manuskript von STRANDGUT. Lebendig geschrieben. Solche Passagen mögen die Leser."
Ich vernahm, wie sie lacht. „Leserinnen bestimmt auch."

Ich nahm aus der Zimmerbar eine Flasche
Orangensaft, kippte einige Schmerztabletten
hinein und dann das Ganze hastig in meine
durstige Kehle. Heute noch arbeiten? Mein
Kleinhirn fragte noch mal nach, mein
Großhirn traf die Entscheidung: NEIN.
Anschließend legte ich mich wieder ins weiche
Bett. Ein wilder Traum hämmerte auf mich
ein. Immer wieder hatte ich diese wilden
Träume. Hörte Schüsse. Lärm von
Hubschraubern und Flugzeugen. Am 24.
Januar wurde ich als Mitglied die 2.
Kompanie des *2e régiment étranger de
parachutistes* (2eREP) aus Calvi/Korsika
mittels Lufttransport nach Abidjan in die
Elfenbeinküste verlegt. Mit 200 Legionären
unseres Fallschirmjägerregimentes sprang ich
am 28. Januar 2013 um 00:30 Uhr MEZ
über Timbuktu ab. Wir besetzten den
Flughafen. Verstärkt wurde die 2.Kompanie
durch einen Zug der 1. Kompanie (Ort- und
Häuserkampfspezialisten), sowie den
Panzerabwehrzug (*Section antichar*) der
Aufklärungs- und Unterstützungskompanie
(*Compagnie Ericlage et Appui – CEA*) und Teile
der Spezialkräfte des ebenfalls der CEA
angehörigen GCP (*Groupement Commando
Parachutistes*). Es ging darum, die
terroristische Gefahr aufzuhalten. Nicht nur
Mali und Afrika wurden bedroht, auch
Frankreich und Europa. Die Befürchtung:

Nach dem Putsch in der Hauptstadt Bamako im März 2012 entwickelt sich Mali immer mehr zum Zentrum des internationalen Terrorismus. Die Franzosen töteten über 100 Islamisten. Stoppten den Vormarsch mit der Militärintervention. Ich schmiss mich im Bett hin und her. „Deckung!" Immer wieder. „Deckung."

Jemand rief meinen Namen. Die geänderte Identität. „Roland. Roland Borchert."

Ich spürte die intensiven Kämpfe. Spürte den verwundeten Islamisten, der mir noch seine Worte zurief. Sie bedeuteten Vergeltung. Schweißgebadet wachte ich auf. „Scheiße. Hört das denn nie auf?"

Diesmal ging es um Mali. Oft erlebte ich im Traum den Unfall auf dem Bundeswehr-Stützpunkt in Cham mit dem Leopard 2. Erlebte das Chaos. Die Trauer, die Beerdigung, einfach schrecklich. Einfach nicht zu vergessen, auch nach so vielen Jahren nicht. Oft dachte ich an den damals kleinen Sohn des Fahrers. Was wird aus ihm geworden sein? Und auch aus seiner Mutter?

Im Jahr 2013

Mali

Lars Bender, mit richtigem Namen Egon
Schmidt, war ein hartnäckiger Kämpfer.
Das hatte er bei der Bundeswehr in mehreren
Auslandseinsätzen unter Beweis stellen
können. Zuletzt in Afghanistan. Dort lernten
wir uns kennen. Ich gebe zu, die
Freundschaft war letztlich der Anstoß für
mich, auch der Fremdenlegion beizutreten.

Nun kämpften wir Seite an Seite in Mali.
Der Auftrag war, den Flughafen Timbuktu
einzunehmen, der von Islamisten besetzt war.
Unsere Moral war gut, wir waren frei von
Stress und Hektik, wir waren ausgeruht, die
strategische Vorgehensweise für den
Militäreinsatz war eingeübt, die Schlacht
konnte beginnen, erfolgte dann auch nach
Plan. Wir näherten uns dem Flughafen über
eine der wenigen nicht zerstörten
Asphaltstraßen, kamen aber nur langsam
voran. Eine undurchdringliche Dunkelheit
hatte den Flughafen verschluckt. In weiter
Entfernung konnten wir verschwommen die
Umrisse einige der Gebäude ausmachen.

Lars führte seine kleine Truppe etwas abseits
der Straße. Die Artillerie der Islamisten nahm
uns unter Beschuss, Granaten kamen uns
bedrohlich nahe. Das laute Pfeifen prasselte

wie ein Höllenfeuer auf uns ein, zum Glück explodierten einige der Granaten bereits in der Luft. Trotzdem waren die herabfallenden Metallsplitter gefährlich. Unseren Späher hatte es erwischt. Ein schwerer Verlust. Hätten wir doch bloß auch Artillerieunterstützung gehabt! Ich sah eine andere Gruppe von uns auf der anderen Straßenseite vorzurücken. Die Richtung war allen klar. Mit der Offensive der Islamisten hatten wir nicht gerechnet. Sie liefen in ungeordnetem Verbund, ihre Artillerie schoss aus allen Rohren, gab ihnen Deckung.
„Zu Boden", rief Lars.
Wir ließen uns in den Dreck fallen, in eine Mulde, umgeben von dichtem Gestrüpp. Wir waren dem gegnerischen Beschuss förmlich ausgeliefert. Unser Optimismus der ersten Stunden war dahin. Ein kleiner Ausflug?"
Unsere Partnergruppe wurde unter Dauerbeschuss genommen. Mehrere Kämpfer von uns fielen. Auch Hunderte Islamisten.

Wir verharrten in der Dunkelheit, gaben keinen Schuss ab, wollten unsere Lage nicht preisgeben. Lars Bender versuchte, Informationen zu erhalten. Es waren Panzer unterwegs. Sie machten den Weg für die weitere Offensive frei. Die Islamisten traten den Rückzug an, verschanzten sich in Häusern am Rande des Flughafens. Dort hielten sich deren Scharfschützen auf. Sie

schossen mit ihrem SVP, einem russischen
Fabrikat, sehr gezielt, wir mussten sie
unbedingt ausschalten. Ein echtes
Himmelfahrtskommando. Der großangelegte
Plan war längst hinfällig. Die Realität
bestimmte die Vorgehensweise, und die
deutete auf Häuserkampf hin. Mann gegen
Mann. Unter Beschuss von Scharfschützen.
Immer wieder wurde uns eingetrichtert:
„Wenn du den Schuss hörst, ist es zu spät."
Es ging also nur mit einer ausreichenden
Deckung. Meter für Meter gelang es uns mit
eingenommener Deckung einer Mauer, eines
Baumes, eines abgefackelten Wagens,
gelagerter Gerätschaft, voranzukommen. Lars
hatte die Aufgabe unseres gefallenen Spähers
übernommen. Schon nach wenigen Stunden
unseres Einsatzes, lernte ich ihn zu schätzen.
Er verstand es, sein wahnsinniges Wissen
über militärische Kampfkunst einzusetzen.

Nun hing wahrscheinlich das Leben der
ganzen Gruppe von ihm ab. Kämpfer sind
Individualisten, aber ohne den anderen ist der
Einzelne nichts. Der Kommandant legt das
Ziel fest, jeder muss der Strategie vertrauen.
Jegliche Beklommenheit, etwaige Zweifel am
Erfolg der Operation, fördert nur ihr
scheitern. Was die Islamisten so stark macht,
ist ihr Glaube. Von Generation zu Generation
geprägt. Die Güte und Größe Allahs. In Mali
kämpfen die Konfliktparteien und wir waren

mittendrin. Verteidigten wahrscheinlich ein korruptes System, welches die Bürger ausnutzt, sollten alte Machtverhältnisse wiederherstellen. Die Islamisten spüren in ihrem Leib Ehre und Mut, wir Söldner unseren Sold. Demonstrieren Tapferkeit. Schossen die Magazine unserer Schnellfeuergewehre leer. Töteten alles, was sich bewegte. Beendeten Träume.

Es wurde hell und wieder dunkel. Endlich erreichten wir eine geschützte Unterkunft. Löschten zuerst den Durst unserer Kehlen, klopften auf die Schusswesten, die wir ununterbrochen trugen. Unsere Gruppe war völlig erschöpft. Sicherlich eine Gemeinsamkeit mit Tausenden, die heute gekämpft hatten. Für Frankreich. Für die Freiheit. Das System. Für Öl, Gas, für Reichtum.

Einige Tage später

Der Flughafen war wieder unter Kontrolle. Eine der Begebenheiten, die aber noch viele nach sich zogen. Einige von uns kehrten zurück, einige leider nicht lebend. Ich erlitt eine schwere Schussverletzung. Der Rückflug kam mir vor, wie eine Ewigkeit.

TAGEBUCH

DES

GRAUENS

Thriller

Herstellung und Verlag:
BoD – Books on Demand, Norderstedt
ISBN: 9783752668315

Romanfigur: Bruce Damon

„Wenn Träume sterben,
stirbt die ganze Welt."

PROLOG

Je näher ich an den Berg kam, so größer
wurde er.

Der Berg des Grauens.
Ihn zu erklimmen hatte in meinem Leben
alles verändert.
Machte es zu einem Albtraum, als der Teufel
im Kinderheim von BRENTWOOD meine
dunkle Hautfarbe suchte.
Meine Seele rief und mein Schicksal als
farbiger Menschen gelenkt hat.

Der Schmerz hatte die Angst gebrochen.
Viele Jahre vergingen, aber die Tagebücher
des Grauens blieben.
Es zogen dunkle Wolken über Los Angeles.

Als ein Zeuge von WESTWOOD-HOUSE
quälte mich ein tödlicher Hass.
Ja, ein jeder hat Kindheitserinnerungen,
meine waren einerseits geprägt von oft
tagelange Unruhen, Plünderungen,
brennenden Autos und einem knüppelnden
Polizeiaufgebot.
Geprägt von Gewaltexzessen in einem
unvorstellbaren Umfang.
Ich habe meinen Vater, meinen Bruder sehr
früh verloren.
Entrissen aus dem Elternhaus fand ich

Obhut in einem von einer Kirchengemeinde
betreuten Kinderheim in BRENTWOOD.

Ich war als Kind einer pädophilen Schickeria
in Los Angeles ausgeliefert.
Schutzlos, missbraucht. Jahrelang war ich
perversen Machtspielen ausgesetzt.
Die Antworten auf die vielen Fragen sind
unerbittlich.
In der honorigen Gesellschaft von
HOLLYWOOD Gesellschaft und nicht nur dort
war ich gefangen in einem Netzwerk von
Pädophilen, einer Kinderporno-
Filmproduktion.
Ich diente als junger Soldat meinem Land im
Vietnam-Krieg.
Jahrelang war ich Legionär in der
französischen Fremdenlegion in Afrika.
Ein Held der Wüste.

Der Hass wurde real, wuchs in mir.
Meine Bestimmung wurde mir täglich klarer.
Die Details des Rassenhasses waren überall
weiter lebendig.
Ja, ich habe Schuld auf mich geladen.
Lebte in L.A. In Kanada, dann in Kalifornien
in Malibu und wieder in L.A.
Zuletzt begleitet von wenig Habseligkeiten.
Meine vier Tagebücher sind mein Zeuge.

Ich bin BRUCE DAMON und erzähle aus
meinem Leben.

2

"**A**my Damon?"

Der in der Soldaten-Uniform gekleidete Mann
streckte der dunkelhäutigen Frau die Hand
entgegen.
Neben einem Blumenstrauß und einem Brief
hatte der Soldat eine Medaille dabei.

Samuel Damon war begeistert in den Krieg
gezogen. OPERATION OVERLORD.
Der Weckruf für die Freiheit in Europa.
Die Alliierte Invasion begann am 6. Juni.
Schätzungsweise 65.700 Tote.

Samuel Damon war bei den
Landstreitkräften. Stolz hatte er sich im Mai
von seinem Sohn Bruce verabschiedet.
Das Foto mit dem 8-jährigen, seinem älteren
Bruder und den Eltern ziert nun als
schmerzliches Andenken das Sideboard im
Wohnzimmer.

Omaha Beach war der, mit mehr als zehn
Kilometer Länge ausgedehnteste
Landungsabschnitt.

Unterteilt in acht Landungszonen.
Samuel Damon kämpfte an der Seite vieler
tapferer Kameraden als Freiwilliger in der US-
Armee. Meistens waren es auch
Dunkelhäutige. *Easy Red* war der, mit rund 2
Kilometer, längste Abschnitt. Die Amerikaner
erlitten hier die meisten Verluste. Es war ein
Inferno.

Samuel Damon war dabei, als gegen 9.00 Uhr
am Abschnitt *Dog White* der erste
Durchbruch begann.
Unterstützt von anderen Kompanien und den
Rangern des 5. Bataillons gelang es, den
steilen Strandabschnitt zu ersteigen und ins
Hinterland vorzudringen.
Er kämpfte besessen, verzweifelt, half
Kameraden. Immer wieder schlugen die
Geschosse aus den Bunkerbefestigungen ein.
Hunderte wurden regelrecht durchgesiebt.
Samuel sah sie neben ihm sterben.

In einer Gefechtspause schrieb er noch einen
kurzen Brief.
Er hockte dabei neben einem ausgebrannten
Fahrzeug und nahm einen kräftigen Schluck
aus seiner Feldflasche.

**„GOTT GIBT, GOTT NIMMT. Wenn es
so sein soll, tue ich es für Euch. Für
Eure Freiheit.
Ich liebe Euch unendlich.**

Das gibt mir die Kraft, hier zu sein. Auf dem Schlachtfeld.
Möge unser Vaterland im eigenen Land von Krieg verschont bleiben.
Wir werden siegen.
Dein, Euer Samuel."

Ich, gerade 8 Jahre geworden, sah meine Mam zusammenbrechen.
Musste mit ansehen, wie meine Familie zerbrach. Meine hübsche, junge Mutter begann zu schreien, zu weinen, verzweifelt trommelte sie den Überbringer der Nachricht mit ihren Händen auf dessen Brust.

Pa starb mit nur 34 Jahren.
Er kam 1910 zur Welt. In Deutsch-Südwestafrika. Es war in dem Land in Afrika der Diamanten-Rausch ausgebrochen, in Kolmannskuppe. Von 1908 bis 1913 war die Diamanten-Produktion auf ihrem Höhepunkt. In der lebensfeindlichen Umgebung eines Strandes in einem Wüstengebiet lebten damals bis zu 400 Menschen. In den Jahren wurden unvorstellbare 4.693.321 Karat im Wert von über 150 Millionen M (Mark 1871) abgebaut.

Es entstanden Unterkünfte, Dienstgebäude, ein E-Werk, ein Krankenhaus, eine Schule und auch für das Vergnügen war gesorgt, mit einem Ballsaal, Theater, Turnhalle und

Kegelbahn. Sogar ein Salzwasser-
Schwimmbad gab es. Eine Eisfabrik sorgte für
Blockeis. Es wurde eine Großküche betrieben,
gab einen Emma-Laden und eine Metzgerei.

Grand-Pa war bei der Gesellschaft
beschäftigt, die die Versorgungsbahn betrieb.
Eine Schmalspurbahn, die aus dem 1000
Kilometer entfernten Kapstadt alles zum
täglichen Leben, inklusive Wasser,
transportierte. Und zunehmend auch das
Baumaterial, Einrichtungen, Maschinen. Das
kam meistens aus Deutschland und wurde in
Lüderitz angelandet.

Das Diamanten enthaltene Gebiet erstreckte
sich über rund 500 Kilometer nördlich und
südlich der Lüderitz-Bucht längs der Küste.
Sandstürme, nächtliche Seenebel, Wasser-
und Vegetationslosigkeit. Die Gegend war
überschüttet von Steinen, Geröll und Klippen.
Die diamanten führenden Sandschichten
stammen ungefähr aus der Braunkohlenzeit,
schwankten zwischen mehreren Millimetern
bis zu einigen Metern. Durchschnittlich
5 bis 6 Karat. Aber auch bis zu 33 Karat
wurden gefunden.

Um die Ansprüche der entdeckten Felder gab
es oft Schwierigkeiten, um die Rechte der
Besitzer klarzustellen.
Sein Leben verlor Grand Pa auf tragische
Weise. Er geriet 1913 in einen Streit, wollte
einem Schwarzen helfen und wurde
erschossen.
Ein Weißer hatte einen Diamanten gestohlen.
Sie haben das dem Freund von Grand Pa

untergeschoben.
Der Weiße war der Sohn des Minendirektors.

Grandma mit dem kleinen Samuel, meinem
Pa, wurden mit mehreren Frauen in die USA
gebracht. So wuchs Samuel in Los Angeles
auf. Hatte auch eine schwere Kindheit, lebte
in Armut und fand das Glück bei Amy.

„Kann ich noch etwas für sie tun?"
Amy Damon hörte nicht mehr hin.
Sie legte sich auf das Bett im Schlafzimmer.
Ich, Ihr Schatz, der kleine Bruce, legte sich
daneben. Gemeinsam warteten wir auf Luke.
Mein Bruder kam wenig später von der Arbeit.
An diesem Tag begann ich mit den ersten
Zeilen in meinem Tagebuch.
Ich hatte es zur Einschulung bekommen.
Einige Jahre lag es davor nur herum.

12

Die Strategie der USA im Vietnam-Krieg war
nicht, Nordvietnam zu erobern und seine
Existenz zu gefährden. Es sollte kein
Atomkrieg mit der Sowjetunion und China
riskiert werden und gleichzeitig Südvietnam
so lange gehalten werden, bis Nordvietnam es
anerkennen würde und die
Einleibungsversuche einstellen würde. Es

wurden anfangs begrenzte Ziele bombardiert.
Bodentruppen der US-Army einzusetzen war
nicht in der Bevölkerung populär.
Das Oberkommando des MACV verließ sich
auf technisch und materiell überlegene
Waffen, insbesondere durch die
Luftüberlegenheit der US AIR FORCE, seiner
Hubschrauber, die flexibel die Soldaten
verlegen konnte, wo es erforderlich war. Man
ging davon aus, dass Nordvietnams Kräfte
schnell erschöpft waren und die Kämpfe
eingestellt werden würden.

In Wahrheit gab es einen politischen Diskurs
zwischen der demokratischen Regierung und
der konservativen Opposition. Der
Bombenkrieg wurde ausgeweitet, doch trotz
praktischer Vernichtung der
Militäreinrichtungen und Infrastruktur sowie
Energieproduktion verfehlten die Amerikaner
das strategische Ziel zu Verhandlungen zu
kommen. Im Gegenteil: Nordvietnams
Bevölkerung rückte zusammen, verlegte viele
Industrieanlagen unter die Erde, steigerte die
Aktionen in Südvietnam.
Bis 1968 wurden rund 950 US-Flugzeuge
abgeschossen. Ich kämpfte in einer kleinen
Spezialeinheit. Ziel war die
Abnutzungsstrategie: Möglichst den Gegner
kampfunfähig machen, Verletzen, Töten,
Gefangennehmen bei möglichst wenig eigenen
Verlusten.

Meine Einheit war Teil der großangelegten
OPERATION MASHER im Frühjahr 1966.
Mir wurde eine Erfolgsstrategie eingetrichtert:
Töten, so viel wie möglich. Wenn irgendwann
Zeit war, machte ich meine Notizen im

March, 8, 1966

Mein Gewehr glühte von der abgefeuerten Munition. Ich
habe getötet.

Viel Zeit für Einträge hatte ich nicht. Es war
die Hölle. Wir waren ständig im Kampfeinsatz.
„Diese Idioten. Beschießen ihre eigenen
Leute!" Granaten sollten die Antwort auf den
Beschuss durch die Vietkong sein.
Artilleriefeuer. „Scheiße!"
„Rette dich selber, für mich ist es vorbei!"
„Hi, du schwarzer Arsch, gebe mir
Feuerschutz."

Der Vietkong zeigte kein Mitleid mit den
Gefangenen der US-ARMY. Es galt nur eine
Devise: Töten oder getötet werden! Meine

Gruppe wurde aus dem Hinterhalt
angegriffen. Guerilla-Kämpfer, die
erbarmungslos geschossen haben aus der
Deckung heraus, auf die patrouillierenden
Soldaten in dem kleinen Dorf.
Ich hatte es mit wenigen Kameraden
eingenommen. Die Bevölkerung hielt zu den
Vietkong-Kämpfern. Als Schutztruppe sahen
sie die US-Boys nicht an.

Die Scharfschützen brauchten nur jeweils
einen Schuss. Einen Kameraden nach dem
anderen sah ich einfach zusammensacken.
Meist durch gezielte Schüsse unterhalb der
mit Tarnnetzen versehenen Helme.
Eine offene Schlacht vermied der Vietkong.
Die einzeln operierenden Guerilla-Kämpfer
waren effektiv. Es gab keine Front. Alles, was
ich bei der harten Ausbildung lernte, war
kaum anzuwenden. Jetzt war ich in einem
Häuserkrieg mittendrin. In jedem Haus
wartete der Feind. Wer war Freund?
Die US-Soldaten bekamen offiziell freie Hand.
Nach eigenem Ermessen konnten sie ein Dorf
komplett auslöschen. Jeder Vietnamese war
zum Abschuss freigegeben. Frauen, Kinder,
alte Menschen.

Ja, ich bekam den Hass zu spüren. Bewahrte
mich der Tod, weil ich ein Schwarzer war?
Ein Schwarzer GI.
Man steckte mich kopfüber in ein Wasserloch.

Meine Hände waren zusammengebunden.
Stundenlang hing ich so an einem Baum.
Dann wurde ich langsam wieder zum Wasser
hinunter gelassen.

Zentimeter trennten mich vom
Ertrinkungstod. Dann hörte ich wieder die
Rufe der Vietkong Offiziere.

Je mehr Zivilisten die GIs getötet haben, und
das war zum Verhältnis 10 Vietkong Angreifer
zu 500 Zivilisten, je größer wurde der Hass.
Regelrechte Massaker fanden statt.
Eine Eskalation der Grausamkeit. Als der
Funkkontakt abriss, hatte der Kommandant
drei Hubschrauber zu dem Dorf fliegen
lassen. Die gerieten unter starken Beschuss.
Abgeschossene Raketen brachten die
Vietkong in die Defensive.
Aus tief fliegenden Maschinen, die Türen
beidseitig geöffnet, schossen die Marines.
Ein Hubschrauberteam seilte sich ab.

„Hi, beweg deinen Arsch."
Es gelang, mich zu befreien.
Aber, welch ein Preis: Ein GI gegen so viel
Verluste. Ein abgeschossener Hubschrauber.
Von der Besatzung konnten noch zwei
Marines in Sicherheit gebracht werden.
Ich hatte wahnsinniges Glück. Sprengfallen
war ich bei der Patrouille nicht zum Opfer
gefallen. Die GRÜNE HÖLLE war für mich zu

Ende. Aber die nächste Hölle wartete auf
mich. Mit Verachtung begegneten mir die GIs
in der Station der Hauptkompanie. Weiße GIs
tot, der Nigger war am Leben. Sie ließen mich
das spüren. Mit allem. Heimaturlaub?
Das galt nicht für mich. „Na, Uncle Ben",
verspotteten sie mich.
Es waren wenige Kameraden, die zu mir
hielten.

September, 10. 1968

Hier im Camp schlimmer als bei den Vietkong

Verachtung erfuhr ich vor allem von den
Marines. Die seit Anfang des Jahres
begonnene Offensive wurde durch
Überrennen ganzer Städte durch
vietnamesische Truppen und Guerilla-
Kämpfern ausgebremst. Städte mussten
zurückerobert werden. Jetzt eingesetzte
Truppen waren schlecht ausgerüstet. In den
blutigen Straßenkämpfen waren sie
unterlegen. Ein Sieg in diesem Krieg wurde
immer unwahrscheinlicher.

Der kommandierende General unterlag einer
Fehleinschätzung. Falschmeldungen wurden
aufgedeckt. Die Stimmung in der

Bevölkerung der USA kippte.

Die größten Schockwellen lösten nicht die steigende Totenzahl von Soldaten aus, sondern die Tatsache, dass die Bürger in den USA systematisch belogen worden waren.

Proteste gegen den Krieg wurden populär.

Immer mehr rebellierte die Jugend.

Und das weltweit.

Ich erkannte, dass ich nur eine Figur in einem Spiel war. Das hieß: Den Kommunismus besiegen. Nun hieß das Spiel: Das Gesicht Amerikas wahren. Die Stellung als führende Weltmacht verteidigen. Ich entschloss mich für ein neues Abenteuer, denn ich konnte nur eins: Kämpfen. Schießen. Morden. So bewarb ich mich bei der französischen Fremdenlegion, die auch in den USA rekrutierte. In der LEGION ETRANGERE dienen Freiwillige aus über 150 Ländern. Das Auswahlverfahren war hart. Einer von 10 Bewerbern wurde angenommen.

April, 16. 1969

Als Legionär im Tschad

An Bord von 2 DC -8 wurden wir Legionäre von *Nizza* nach *Fort Lamy* verlegt. Das

Kontingent EMT -1 bestand aus zwei
Kompanien sowie dem Führungsstab.

Ich marschierte mit der Waffe in der Hand
singend und im Gleichschritt im *Camp Dubut*
ein. Wenige Farbige waren unter den 350
Legionären. Am besten sollten alle schon am
nächsten Tag an die Front verlegt werden. Es
stand ein Fest an, und das wollten sie besser
in Fort Lamy feiern, als in einem abgelegenen
Dorf irgendwo in der Wüste. *Mangalme*, ein
Ort nahe der Grenze zum Sudan war in den
Konflikt gekommen, von Rebellengruppen
angegriffen worden. Die reguläre Armee
scheute Vorstöße an der Grenze zum Sudan.

Wir Legionäre waren gefragt. Bei einem
erdrückend heißen Klima. Mit wenig
Ortskenntnissen. Kaum mit Kartenmaterial
ausgestattet. Ich war nun ein Sohn der
Wüste. Trug den landestypischen Cheche um
den Kopf, die Ärmel der Uniformweste nicht
hochgekrempelt, sondern nach unten gerollt,
um nicht der gnadenlos brennenden Sonne
ausgesetzt zu sein. Der ockerbraune,
breitkrempige Dschungelhut zierte nun
meinen Schädel. Meine langen Haare trug ich
zusammengebunden.

Der Gegner wartete geduldig auf seine
Chance. Den Legion-Konvoi in den Hinterhalt
zu locken. Das bot sich am 29. April.

April, 29. 1969

In der Wüstenhölle

Bordkanonen, Scharfschützen, die beherzt
eingriffen, retteten die brenzliche Situation.
Wir Legionäre wurden von allen Seiten
angegriffen. Ungefähr 50 Rebellen fielen dem
Feuergefecht zum Opfer.
Ich schoss mit einer BROWNING M2 Bord-
Kanone.
Die Spur der Rebellen führte in den Sudan.
Die Operation im Tschad nahm nun Fahrt
auf. Jetzt wurde auch mit Hubschraubern
nach den Rebellen gesucht.
Ich machte während der Jahre im Tschad
viele Einträge in mein Tagebuch. Berichtete
von der Operation 1970 unweit der Grenze
zum Niger.
Insgesamt hatte das Regiment zehn Tote zu
beklagen. Erschossen oder krank geworden
und gestorben.

Dezember, 20. 1970

Jetzt auf Korsika. Bald ist Christmas

Bis 1982 war ich aktiv ein Sohn der Wüste.
Mit vielen Einträgen in meinem Tagebuch

habe ich alles dokumentiert. Dramatisch war
der Einsatz im Kongo. 1978.

Am 28.5. wurde eine Fallschirmspringer-
Einheit nach Lubumbashi verlegt. Genau um
6.10 Uhr am nächsten Tag sprangen sie über
Kolwesi ab. Ich war bei der 4. Kompanie. Wir
marschierten in Kampfausrüstung. Nach
einer beißenden Kälte folgte nun die Hitze der
ersten Einsätze. Ständig den Bahngleisen
folgend. Durch wild wachsendes
Elefantengras immer wartend auf Berichte
der Aufklärer.Was wir zunächst als
Fallschirmjäger der Armee Zaires hielten,
entpuppte sich als eine starke Einheit der
Tiger-Rebellen. Der Kampf war brutal. Unsere
gesamte Kompanie wurde vom Feuer der Tiger
in eine schwache Stellung
gezwungen.Flankiert von Rohrgeschossen der
Mörser, Granaten, die die Rohre zum Glühen
brachten, nahm jeder von uns eine 600
Gramm schwere Handgranate.

Mein Zug rannte auf den Feind zu, der in den
Schützenlöchern lag. Wir zählten, dann
warfen wir unsere Handgranaten.
Der Kampf war kurz, aber umso brutaler.
Neunzig Rebellen waren tot, viele andere
winden sich verletzt im afrikanischen Staub.
Es war ein ohrenbetäubender Lärm.
Granaten, Deckungs- MGs ratterten los. Auf
Befehl des französischen Staatspräsidenten

kehrte das 2. REP nach *Calvi* zurück. Orden
zu bekommen, ist Motivation auf mehr.

Ja, ich bin stolz auf die *Medaille de outre`mer*.
Und auf *Ordre national du Merite`*. Die
Fremdenlegion gilt als die härteste Armee der
Welt. Ich durchlief eine der extremsten
Ausbildungen. Nur so gelang es auch
erfolgreich die gefährlichsten Missionen zu
bestehen.
Ich, Bruce Damon, war einer von über 10.000
Bewerbern. Nur knapp 1.000 werden im Jahr
genommen. Absolute Disziplin,
bedingungsloser Gehorsam, ist
Grundvoraussetzung. Die Eliteeinheit gehörte
zum französischen Heer. Sie gilt als schärfste
Waffe der Grande Nation.

Ich erreichte einen Dienstgrad, den nur etwa
5 % aller Legionäre erreichen.
Ich traf einige der Kameraden, die bereits
1953 in Vietnam oder auch 1960 im
Algerienkrieg gekämpft haben.
Sie haben mir auch von körperlicher Gewalt
berichtet, von vollzogenen Strafen. Die harte
Ausbildung des 4. Regiments der Legion
Etrangere, eine von vier „Fermes", der
Ausbildungseinheit, bleibt mir unvergessen.
Im Südwesten Frankreichs, in *Castelnaudary*.
Ein ärmlicher Bauernhof.
Hohe Räume, kaum Farbe an den Wänden,
ein ehemaliger Stall genutzt als Turnhalle, ein

anderer als Klassenraum. In *Raissac,* diesem
Bauernhof, in so einer friedvollen Umgebung
wurden wir ausgebildet. Für den Krieg.
Wurden ausgebildet, um Menschen zu töten.

Die ganze Nacht hatte es geregnet, der Boden
war durchgeweicht. Langsam kam die Sonne
heraus. Sie brachte mir den nächsten
Einsatzbefehl. Zuletzt bei der OPERATION
EPAULARD im Libanon-Krieg. Ich erinnere
mich an zerstörte Gebäude, menschenleere
Straßen, Mauerreste, verborgene
Panzerkanonen. Schutt und Asche. Ein
finsterer Ort. Hier fanden die heftigsten
Kämpfe statt. In einem absoluten No-Man`s
Land. An der Demarkationslinie, die
Palästinenser von Israelis trennten. Ich
rannte durch Tunnel, über zerbombte
Treppen, unter Ruinen direkt zu den
Kampfposten. Mein Sturmgewehr war meine
Braut geworden. Gefährlich und
heimtückisch waren vorbereitete
Sprengladungen in einem unterirdischen
Tunnel. Ich hatte Glück im Unglück. Der vor
mir stürmende Legionär flog in die Luft. Ein
zerstückelter Körper, blutendes Fleisch in
einer Hülle von Stoff, lag vor mir. „Sanitäter.
Wir brauchen einen Sanitäter", rief ich
mehrmals.
Der libanesische Führer schüttelte mir im
Lazarett die Hand. „Willkommen in Beirut."
Bis zum Schluss lieferten sich beide Seiten

erbitterte Feuergefechte.

So manch eine Granate schlug gefährlich bei uns Legionären ein. Für mich war das Abenteuer Fremdenlegion am 13.9. zu Ende. Am 12. September explodierte ein LKW mit 2 Tonnen Sprengstoff an Bord eines Schiffes. Schwere Hubschrauber der französischen Marine brachten alle Legionäre auf den Flugzeugträger FOCH und auf die DIVES. Der Auftrag in Beirut war beendet. Ich war wochenlang auf dem Meer unterwegs. In der Zeit oft auf der ärztlichen Station der Schiffe. Mein Bedarf an Medikamenten stieg von Tag zu Tag. Als traumatisiert abgeschrieben, war meine Verwendung in der Legion nicht mehr möglich. Die Nächte wurden zur Hölle. Immer wieder hatte ich Träume. Bekam Wahnvorstellungen.

Ja, ich diente 15 Jahre in der Fremdenlegion. Die Hälfte meines Lebens war ich im Krieg. Kaum vorzustellen, was das bedeutet. Morgens aufwachen ist das größte Geschenk des Lebens. Die Fremdenlegion wurde allgemein beleidigt und beschimpft. Von der Kommunistischen Partei in Frankreich besonders. Es wurde von der KP sogar die Auflösung der Legion Etrangere gefordert. Die französische Legion hatte für seine Soldaten eine Pension, Alters- und Invalidenversorgung. Unterhalten von franz. Staat, gibt es „Altenheime".

Eine lebenslange Pension wurde gezahlt.
Ich war nun mit 48 Jahren ein Frührentner.

Die erste Zeit verbrachte ich im I.I.L.E, dem
Invaliden-Heim im südfranzösischen
Puylubier.

April, 12. 1984

Legionär-Ruhestand in Puylubier.
Bin im Altenheim für Veteranen

Einige Monate später

Mein Gesundheitszustand verbesserte sich.
Die Abgeschiedenheit in dem abgelegenen
Invaliden-Heim trug wesentlich dazu bei.
Durch meinen verbesserten
Gesundheitszustand sollte ich verlegt werden
in ein normales Wohnheim für Legionäre.
Ohne einem angeschlossenen
Gesundheitsbereich. Kleine Wohnungen, mit
bis zu 36 Bewohnern in dem Objekt, was
auch von der französischen Regierung
finanziert wurde. Meine Reise sollte
weitergehen.
Die zwischenzeitlich erhaltene französische
Staatsangehörigkeit verschaffte mir viele
Möglichkeiten.

Ich hatte mir eine neue Identität zulegen können: Sam Bouldwin. Ein wichtiger Kontakt half mir dabei. Ich habe einem Legionär sein Leben gerettet. Es war im Tschad. Der Zufall wollte es. Der Mann lebte schon einige Jahre im Invaliden-Heim. Er hatte ein Bein verloren. Ich leistete damals die ERSTE HILFE. Verband ihn und schleppte ihn trotz Feuerbeschuss aus der Gefahrenzone. Er war Franzose. In den 60ern im Algerienkrieg zur Legion gekommen. Sein Sohn arbeitete bei einer Behörde in Paris. Aus Bruce Damon wurde Sam Bouldwin. Die Daten wurden im Computersystem mit einem Sperrvermerk versehen. Üblich bei französischen Agenten, die im Ausland eingesetzt wurden. Als Sam Bouldwin heuerte ich bei einer Reederei an. Auf einem Frachtschiff überquerte ich den Atlantik. Den Überfahrtpreis nach New York musste ich abarbeiten, was für mich kein Problem darstellte. Dem französischen Staat werde ich immer dankbar sein. Er half mir in einer schwierigen Zeit. Meine lebenslange Pension allerdings war dahin. Die galt für Bruce Damon. US-Bürger. Man kann im Leben nicht alles haben. Wichtig war für mich, meiner Bestimmung Folge zu leisten. Ich erfuhr von ständiger Polizeigewalt gegen Schwarze. Gedeckt durch die Justiz. Ich muss meiner Bestimmung folgen.

DER

TOD

SCHREIBT

MIT

Kriminalroman

© 2021 Werner R.C. Heinecke

Herstellung und Verlag:
BoD – Books on Demand, Norderstedt.
ISBN: 9783755733997

Romanfigur: Norbert Heinze, Thorsten Freter

13

„**D**u hast Post!"

Norbert Heinze reißt gespannt den Briefumschlag auf. „Der Bundesbeauftragte für die Unterlagen des Staatssicherheitsdienstes der ehemaligen Deutschen Demokratischen Republik".
Er liest: „Ihr Antrag vom 29.02.2012.

Das Schreiben ist datiert vom 01.06.2015. „Die einsehbaren Unterlagen haben einen Umfang von ca. 800 Seiten. Ich lade sie zur Einsichtnahme am 17.06.2015, 09.30 Uhr in die Dienststelle des Bundesbeauftragten."

Norbert Heinze plant sich die Zeit ab 8 Uhr morgens ein. Er ist voller Gedanken: „Was erwartet mich?"

Was er zu sehen bekommt, erfüllt ihn mit Schaudern. Die Abneigung gegen den Staat, dem demokratischen, dem neuen deutschen Vorzeigeprojekt, alles kommt wieder hoch. Er sieht das Beurteilungsprotokoll, von Mielke als Bestätigung unterschrieben.

Liest den Eröffnungsbericht, den
Operativplan zum „OV Glas".
Fotodokumentationen seiner Beschattung,
seiner Treffen, Hunderte Seiten seines
Tagesablaufs.
Erfährt seine Gegenstände bei Haftantritt.
Alles fein säuberlich getippt. Berichte der Abt.
26, der Abteilung VII, Beobachtungsberichte.
Er liest ungefähr 100 Schriftstücke, dann
verlässt ihn seine Aufmerksamkeit.

„Das ist ja total verrückt, was die sich
zusammen gesponnen haben. Mich
verdächtigt haben, ein Agent zu sein."
Am meisten ist er enttäuscht von Personen
aus seinem direkten privaten und dem
Arbeitsumfeld. „Unfassbar. Ich habe einigen
dieser Menschen vertraut, ihnen oft geholfen."

„Unsere Wohnung war verwanzt. Die haben
alles mitgehört. Projekt Türschloss. Wenn es
nicht so traurig wäre, ich könnte laut
loslachen!"
Er muss diese Selbstgespräche sprechen,
musste es herauslassen. Die Mischung aus
Erstaunen und Ekel, aus Wut und Abscheu.

Wie konnte ein Staat, wie konnten Mitbürger,
und das waren sie ja alle, so etwas
mitgestalten? Verblendung? Karrieredenken?
Was war es, dass es so lange Zeit
funktionieren konnte?

Er nimmt sein Handy und ruft Thorsten an.

„Hi, Soldat des Jahres in der NVA. Weißt du, wo ich bin?"

„Hi, Alter. Du lebst noch?"

„Ja, in Dresden. Ich bin gerade beim Studium meiner Stasi-Akte."

„Und du?"

„Ich habe die Mallorca-Zeit hinter mir gelassen. Schippe jetzt in der Ostsee rum."

Von Thorsten weiß er, dass er auf einem Wachturm an der Grenze Dienst schob. Quasi strafversetzt. Seine Einstellung war bekannt, er machte keinen Hehl daraus. Brachte es als Witze an die Leute. Aber alle wussten, wie es gemeint war. Auch seine Vorgesetzten.

Thorsten Freter schob immer zu zweit Dienst. Oft mit wechselnden Partnern. Man konnte ihn als mehrfachen Soldaten des Jahres nicht kaltstellen. Er war ein Idol. Bekannt in der Truppe, jeder kannte ihn, den bunten Hund der NVA. Sein Riss im Verhältnis zum Staat und NVA kam, als sein bester Freund bei einer Übung ums Leben kam. Es passierte während einer Kampftaucher-Gefechtssimulation. Eine Bombe, die an einem Unterwasserobjekt angebracht wurde, explodierte. Drei Soldaten starben. Der „Unfall" wurde vertuscht. Der absolut linientreue Parteigenosse und Major nicht behelligt. Im Gegenteil, befördert. So wurde

das damals gemacht. Die Verantwortlichen
mit ihrer Beförderung zum Schweigen
gebracht.

Dann erzählte Thorsten aus seinem Leben.
„Habe viele Jahre, die 20 Meter Jacht eines
Millionärs gefahren." Einige Storys kannte
Norbert schon. Die neueste noch nicht. „Das
Boot wurde beschlagnahmt. Der Alte sitzt,
Steuerhinterziehung." Dann lacht er. „Die
Kreditkarte mit Depot von meist so um die
100.000 Mäuse ging auf einmal nicht mehr.
Und wir waren auf dem Mittelmeer nach
Marokko unterwegs."

Im Jahr 1945

26

Gudrun Johann schaut mit feuchten Augen
auf die braune Kuckucksuhr. „Wie heißt
du?", fragte sie der fast kahlköpfige Mann.
„Gudrun."
„Du hast deinen Teddybären gerettet."

„Er heißt Snoopy!"
„Ich bin fünf, Snoopy ist vier."

Das vornehme Haus der von Hornbergs am
Elbufer hat einen eigenen Luftschutzbunker.
Letztlich verdankte er nicht nur den von
Hornbergs, sondern auch der kleinen Gudrun
das Leben.

Stunden zuvor

Um die deutsche Rüstungsindustrie zu
treffen und die Moral der Zivilbevölkerung
entscheidend zu brechen, führten die
Alliierten den Bombenkrieg. Kleinere Städte
wurden fast vollständig zerstört. Nun traf es
die Großstadt Dresden. Die sächsische Stadt
war mit vielen Flüchtlingen aus den
Ostgebieten überfüllt.

235 viermotorige RAF-Bomber vom Typ AVRO
LANCASTER warfen am 13. Februar binnen
25 Minuten mehr als 900 Tonnen Spreng-und
Brandsätze ab. Gut drei Stunden später,
zwischen 1.25 Uhr und 1.55 Uhr morgens am
14. Februar, flogen weitere 524 LANCASTER
über die Stadt. Diesmal trafen mehr als 1.500
Bomben das bereits brennende Dresden.

Besonders die 650.000 tückischen Stabbrandsätze aus Thermit, die mit bis zu 1.500 Grad abbrannten, entzündeten alles Brennbare, was ihre heißen Funken trafen. Die Wirkung war verheerend. Dächer der überwiegend barocken Häuser im Stadtzentrum wurden zerstört. Brandsätze lösten einen unglaublichen Feuersturm aus. Einen reißenden Sog mit Temperaturen von mehreren 100 Grad, in den Räumen der Häuser teilweise bis zu 1.000 Grad. Dresdens Bebauung wurde fast zu 70 % zerstört. Bis zu 25.000 Menschen starben. Viele wurden Tage später auf dem Altmarkt eingeäschert. Es sollen bis zu 7.000 Menschenopfer sein.

Die kleine Gudrun Johann läuft an der Zigarettenfabrik Yenidize vor den Flammen her, vorbei an Menschen, die ohne Hoffnung auf Überleben mit wenigen Sachen rannten, die Kleine mitzogen. Irgendwie kam sie am Zwinger vorbei, alles brannte, Geschäftshäuser, die Gassen am Altmarkt, kein Durchkommen. Sie nahm den Weg mit einigen Menschen zur Elbe. Der Asphalt blubberte vor Hitze, Gudruns Schuhe waren aufgeweicht. Nur das Kopfsteinpflaster konnte sie betreten.

Gudrun Johann war eine der vielen völlig unschuldigen Einwohner Dresdens, die die Hölle auf Erden erlebten. Umrankt von Nazis,

Judenjägern. Ein hochgradig verängstigtes
Kind am Ende eines zu Ende gehenden
Krieges.

Im Jahr 1948

„F R I E D E N".

Die großen einzelnen weißen Buchstaben
liest die junge Gudrun. Ihre Hand hält
Gottfried von Hornberg. Es ist der 1. Mai. Der
Feiertag. Internationaler Kampf- und Feiertag
der Werktätigen.

Der Rest des Schriftzuges war von einer lang
herunterhängenden Fahne verdeckt. In der
ersten Reihe tragen die anwesenden Fahnen.
Die sowjetische Besatzungsmacht hatte
aufgerufen, die deutschen Kommunisten und
die Sozialdemokraten versammelten sich.
Gottfried von Hornburg hat schnell die
Fahnen gewechselt. Frühzeitig dabei sein,
darum ging es nun. Die Anfänge der neuen
Gesellschaftsordnung gestalten. Dem
Politikmodell der BRD etwas entgegensetzen.
Gleichzeitig die Nachkriegsnot überwinden,
eine leistungsfähige Wirtschaft aufbauen und
mit der Entnazifizierung vorankommen. Eine

kommunistische Herrschaft mit Umbau der Verwaltung errichten.

„Wir müssen alternative Politikentwürfe ausschalten."

Gottfried von Hornberg hat da keine Skrupel. „Gewaltsam, wenn es nicht anders geht." Ihm ist klar, es läuft mit dem neuen deutschen Staat auf eine Diktatur hinaus. Und damit kennt er sich aus. Er wurde ein Mitglied der staatlichen Plankommission. Seine Ehefrau fungierte als Leiterin der Abteilung für die Entwicklung des Außenhandels mit kapitalistischen und sozialistischen Ländern. Schon bald ging es um Bonusgeschäfte diverser VEBs. Und der Entwicklung der „Steckenpferd"-Bewegung zur Steigerung des Exports. Standen sie auf der richtigen Seite des DDR-Staatsapparats? Für oder gegen den Betrieb einer eigenen Handelsflotte und der dafür notwendigen Überseehäfen. „Die SPK hat den 5-Jahres-Plan entworfen. Er wird ohne frei konvertierbare Währungen nicht realisierbar sein."

„Der Jahresvolkswirtschaftsplan ist von der Volkskammer beschlossen!"

„Die Genossen können sich auch mal irren."

Gottfried von Hornberg hatte aufs falsche Pferd gesetzt. Drei Männer betraten ohne Anklopfen sein Büro in der Leipziger Straße 5-7 im Ostberliner Stadtbezirk Mitte. Seine Ehefrau wurde auch verhaftet.

Gudrun Johann wurde von der Schule abgeholt. Die nächsten Jahre lebte sie im Kinderheim. Sie sollte die Ansprüche an die Arbeit, insbesondere zur Herausbildung sozialistischer Verhaltensgewohnheiten und Eigenschaften erlernen.

38

„Wo steckst du, mein Freund?"

„Hey, weißt du, wie spät es ist? Du Arsch hast mich geweckt!" Norbert schaut auf die Uhr. Ja, es war noch früh, er hatte nur drei Stunden geschlafen. Sieht mehrere Bierflaschen in einer Ecke seines Arbeitszimmers liegen. Dann die leere Gin-Flasche. „Bin etwas durcheinander. Entschuldige."
„Ich bin in Dresden im Hotel. Seit gestern. Morgen Vormittag habe ich Termin im Krankenhaus."
„Was Ernstes?"
„Sagen wir mal so. Endstation. Alle Fahrgäste bitte aussteigen. Ich habe Krebs. Endstadium."

„Scheiße!"

Norbert rauft sich die Haare.

„Die Ärzte wollen natürlich alles versuchen. Aber es ist, wie es ist. Der starke schwarze Mann sitzt am längeren Hebel."

Was soll Norbert sagen? Tut mir leid? Dumme Floskeln sprechen?

Er ist gerade dabei zu verstehen, dass sein bester Freund sterben wird. „Weswegen rufst du an, alter Kumpel?"

„Ich brauche eine Waffe! Pistole, mit Schalldämpfer am besten!"

„Was hast du vor, deine Alte umzubringen?"

„Die Alte ist schon tot, die Neue habe ich gerade entsorgt. Ne, eine alte Rechnung ist noch offen."

„Nicht so viel am Telefon, NSA und so. Lass uns heute Mittag treffen. Lokal Schiller Garten. Okay? So gegen 13 Uhr."

„Werde da sein, wer zuerst kommt, macht den Platz klar. Im Biergarten, erste Reihe, ganz hinten."

„Okay."

Einige Stunden später

„**U**te war eine gute Freundin. Was ist passiert?"

„Vielleicht habe ich überreagiert. Ich weiß nicht. Was ich seit gestern in mir trage, was mein Kopf zerplatzen lässt, mich die ganze Nacht beschäftigt hat, ist das schlimmste Kapitel in meinem Leben!"

„Erst mal prost."

„Hefeweizen im Winter. Damit fangen wir an und dann paar Glühwein obendrauf."

„Man lebt nur einmal."

„Oh, Sorry, das wollte ich nicht sagen."

„Schon gut. Über Krankheiten wird heute nicht mehr geredet."

Fast eine Stunde erzählt Norbert, oft unterbrochen von Thorsten Freter.

Dann kam der entscheidende Satz. „Ich bin damals vom Turm mit meinem RAK, der PM-63 geflohen. Die habe ich noch! Und meine Dienstpistole, die WALTHER PP."

„Du hast noch die Maschinenpistole?"

„650 Schuss die Minute. Geht schon. Kaliber 9x18. 15 Patronen im Magazin. Das Ding wiegt knapp 2 Kg und ist ungefähr 60 cm lang. Mit eingeklappter Schulterstütze die Hälfte."

Thorsten lacht. „Ich habe sie in einem Einsatz gebraucht."

„Also kein Rambo."

„Ach hör auf. Das war alles nicht so zum Lachen damals."

„Hättest du geschossen, wenn einer über die Grenze gemacht hätte?"

„Wir waren immer zu zweit. Du konntest den anderen nicht einschätzen. Als es zu so einem

Fluchtvorfall kam, sind wir beide abgehauen."
„Wahnsinn. Was ist aus deinem NVA-Kollegen
geworden?"
„Tödlich verunglückt bei einem Autounfall.
Nie richtig aufgeklärt worden. Der Arm der
Stasi war lang im Westen."
„Die WALTHER PP bekam ich als
Anerkennung."
„Ich weiß: SOLDAT DES JAHRES!"

„Wir brauchen jeder einen Parker,
Sturmhauben, wie die Bullen sie tragen.
Stiefel. Das Schwein ist bewacht von zwei
oder drei Bullen in einer Berghütte in der
Nähe von Altenberg. Koordinaten habe ich."
„Hier gibt es gute Brezeln. Ich hole uns
welche."
Als Norbert wieder zum Tisch kam, war
Thorsten Freter weg. „Scheiße!"

Ein Geschirr-Abräumer kam zu ihm an den
Tisch. „Deinem Freund wurde übel. Er ist auf
die Toilette gegangen."

Norbert Heinze sucht die Toilette auf. Reißt
die Türen zu den Toilettenbecken auf. Bei der
Dritten sieht er seinen Freund am Boden
liegen. Neben ihm liegt eine Packung
CAPROS. Ein Morphin-Schmerzmittel.
Langsam kommt Thorsten wieder zur
Besinnung. Erhebt sich unter Mithilfe von

Norbert. „Ich bin mit schwacher Dosierung angefangen, jetzt bin ich bei den Hammern."

Norbert schüttelt den Kopf. „Nein, du gehst morgen ins Krankenhaus. Ich bring dich hin." Thorstens Puls beschleunigt sich. „Ich regel das für dich. Ganz allein, mein Freund. Du gehst zur Arbeit. Wo man dich sieht. Nicht allein, verstanden?"

Beiden Männern ist klar: An Michael Weiser kommen sie nur mit Waffeneinsatz und möglichen Verlusten von Menschenleben heran.

MOOR

GEFLÜSTER

Kriminalroman

Herstellung und Verlag:
BoD – Books on Demand, Norderstedt.
ISBN: 9783755794967

Romanfigur: Florian Weise, Benjamin Precht

7

Tarmstedt

„**B**enjamin Precht?"
„Wer will das wissen?"
Florian Weise zeigt seinen Ausweis.
„BKA? Um was gehts?"
„Es gibt Gesprächsbedarf."
„Dieser Landwirt, Andreas Meyer? Der macht mir hier die Hölle heiß."
„Gibt es einen Grund?"
„Ich habe seine Alte nicht gevögelt."

Florian Weise hält sich bedeckt. „Warum gibt es denn dann diese Hasskampagne?"
„Das liegt lange zurück. Sehr lange."
„Können wir hineingehen?"

„Klar. Aber schauen Sie sich nicht so genau um. Es sieht immer wild aus bei mir."
„Sie fahren Pizza aus?"
„Ja, als Aushilfe, leider noch nicht fest. Probezeit. Macht Spaß, denke, das kann was werden."
„Und die Meyers?"
„Ja, wenn der Alte, also der Meyer nicht zu Hause ist, auch zu denen nach Hause."

„Die Frau, Daniela Meyer, ist einige Jahre
jünger als ihr Mann. Eher so ihr Alter."
„Die Frau interessiert mich nicht."
Der den LKA Mann begleitende Polizist schaut
sich in der Wohnung um.

Florian Weise stellt die entscheidende Frage:
„Wo waren sie am Montag, den 5. Juli?"
„Warum?"
„Sagen sie einfach, wo sie waren?" Benjamin
Precht wartet mit der Antwort. „Nach ihrem
Dienstplan hatten sie Dienst, waren
unterwegs. Also wo genau?"

Dann stellt Florian Weise klar. „Wir sind hier
nicht bei „Wünsch dir was"? Überlegen sie!"
„Bei einer Frau. Es wird ihr peinlich sein.
Können sie das diskret behandeln?"
„Precht, wir ermitteln in einem Mordfall und
einem Entführungsfall. Da ist nichts mit
diskret. Also, Name, Adresse der Frau."
„Also gut, Daniela Meyer."
„Ganz dünnes Eis, Precht. Ganz dünnes Eis."
„Geht das schon länger?"
„Drei oder viermal."
„Weiß Andreas Meyer davon?"
„Nein, bestimmt nicht, den interessiert nur
sein Profit. Den sollten sie mal kontrollieren.
Vorzeigebauer? Dass ich nicht lache. Ein
Tierquäler ist das. Und…."
„Ja?"
„Beschäftigt illegal Ausländer."

„Ich gebe das gerne an den Zoll weiter. Das
war es, für den Anfang. Wenn sie mich
angelogen haben, wird es ganz eng, Precht."

Nachdem Florian Weise gegangen war,
überlegte er, erinnerte sich an den Satz von
Benjamin Precht und fragte sich: „Was liegt
lange zurück?"

Er ging noch einmal in die Wohnung zurück.
„Eine Frage noch. Sie sagten in Bezug auf die
Hasskampagne: „Der Grund dafür läge lange
zurück. Sehr lange. Was meinen sie damit?"
„Verdammt lang her, verdammt lang her."
„Nun machen sie keine Witze, den Song kenn
ich. Also, was ist vor langer Zeit passiert?"

Benjamin Precht geht in eine Vitrine, nimmt
ein Fotoalbum heraus.
Er zeigt dem Ermittler vom BKA einige Fotos.
Teilweise schon vergilbte schwarz-weiß
Aufnahmen.
„Das ist ein Album aus dem Nachlass meiner
Familie. Bilder von 1945 bis 1947. Hier mein
Großvater mit meinem Vater."
„Und?"
„Das war Nachkriegszeit. Mein Vater hat
seinen Vater, also meinen Großvater,
begleitet. Hamstern. Herr Kommissar, wissen
sie, was „Hamstern" damals war?"
„Verboten."
„Ja, aber es gab nichts außer den Essens-

Marken. Die Leute sind mit dem Zug von
Bremen in die benachbarten Dörfer gefahren.
Und dann mit einem Handkarren weiter zu
den Bauern in Hepstedt und Tarmstedt.
Tauschen, wenn sie was zum Tauschen
hatten. Oder haben ihre Arbeitskraft
angeboten. Kartoffelernte, Rübenernte. Auf
dem Hof helfen."

Der Kommissar hörte interessiert zu.
„Precht. Der Name sagte Andreas Meyer noch
was. Mein Vater und sein Vater waren
Kinder."

Was Benjamin Precht dann erzählte,
erschütterte den Kommissar.

„Der alte Meyer hat meinen damals
fünfjährigen Vater in eine Scheune gelockt
und sich an ihm sexuell vergangen."
„Was?"
„Ja. Der kleine Andreas Meyer hat es
gesehen. Ja, es war schlimm. Es war
Nachkriegszeit. Den Alten anzeigen? Keine
Chance. Nazi-Seilschaft. Von wegen
Entnazifizierung. Die Bauern waren damals
wichtig. Im Krieg sowieso. Aber auch für die
oberen Nazis, wovon viele in Bremen-
Schwachhausen wohnten."

Benjamin Precht holte wenig später ein
weiteres Fotoalbum.

„Die Hakenkreuzflagge am Bremer Roland und am Bremer Rathaus. Bremen war durch die Häfen eine wichtige Stadt. Hier Fotos von 1940 bis 1945. Eine echte Nazi-Hochburg. Werften, U-Boot-Bunkeranlagen. Natürlich auch Ziel der Alliierten. Verheerende Luftangriffe. Der Schlimmste am 18. August 1944. Meine Oma hat mir davon erzählt. Um 22.30 Uhr begann der Fliegeralarm. Sie wohnten im Bremer Westen. Schafften es in einen Bunker. Dann flogen rund 300 Bomber den Luftangriff, schmissen über 1.000 Kg Bomben, 60 Minenbomben, über 2.000 Spreng-, fast 11.000 Phosphor- und 108.000 Stabbrandbomben. Unser Familienhaus stand in Flammen. 50.000 Wohnungen und Häuser wurden zerstört. Über 1.000 Menschen starben. Der Bremer-Westen beinahe völlig zerstört. In nur 30 Minuten."
„Die britischen Bomber zerlegten den Bremer-Westen, am 30.8. dann auch durch US-Bomber. Noch einmal über 900 kg Bomben, Ziel waren hauptsächlich die Werften und militärische Einrichtungen."

„Schlimm. Alles sehr schlimm, was ihrer Familie widerfahren ist. Ja, tut mir leid, was damals in ihrer Familie passierte. Die Kriegserlebnisse, dein Vater als Kind missbraucht. Haben sie Andreas Meyer mal daraufhin angesprochen?"

DIE TOTEN SEELEN VON KOSEROW

Ein USEDOM-KRIMI

© 2022 Werner R.C. Heinecke

Herstellung und Verlag:
BoD – Books on Demand, Norderstedt.
ISBN: 9783756818617

Romanfiguren: Tore Althusen u.a.

Die erlebten Träume lassen Tore Althusen
sich im Bett hin- und her wälzen.
Schweißgebadet taucht der kurz vor der
Pensionierung stehende Polizeiposten von
Koserow in seine NVA-Vergangenheit ein.

Er hört den Schuss. Es war nur ein
Wachwechsel in der Kaserne. Die
Kalaschnikow bediente ein junger Soldat. Es
war wohl ein Gewehr von 100 Millionen
hergestellten. Die besondere Patrone, die
Mittelpatrone 5,45 x 39 mm tötete auf einen
Schlag vier Soldaten.

Sie marschierten beim Wachwechsel in einer
Reihe gehend voreinander her. Tore
Holthusen schaute aus dem Fenster. Kein
weiterer Mensch war zu sehen. Niemand
kümmerte sich um die toten Soldaten. Am
nächsten Tag gab es keinen Kommentar zu
dem Vorfall. Er wurde „totgeschwiegen".

Tore Althusen schreckte hoch. Er hat
während seiner Dienstzeit nie in einem
Einsatz kämpfen müssen. Die toten Soldaten,
die er gesehen hatte, waren allesamt von NVA
und Stasi verborgen gehaltene Unglücksfälle.
Mit Panzern, bei den Kampftauchern, bei den
Schießübungen mit scharfer Munition. Die
Stasi hatte die Oberaufsicht über alle
militärischen und zivilen Nachrichten-
Sektoren.

STURM

IM

GLASHAUS

Politik- und Wirtschaftsthriller

Herstellung und Verlag:
BoD – Books on Demand, Norderstedt.
ISBN: 9783759751935

Romanfiguren: Helen Winter,
Baron Karl-Otto-Heinrich
von Sydlitz und Hartgenstein

22

Flughafen Dublin
15.03.2018, 13.05 h

Am Terminal Landung ist die Empfangshalle
überfüllt.
Eine Frau, sehr elegant gekleidet, hält ein
Schild mit Aufdruck - HELEN WINTER - in
der Hand.

Helen Winter ging, eine Handtasche am Arm,
den Schal locker am Hals angelegt, bequem
die gut 200 Meter zur Terminal Mall.
Es dauerte fast 15 Minuten.
Der Weg durch den Flughafen, über
Rollbänder, vorbei an Kiosken, wartenden
Menschenmengen.

Helen hatte in dem stundenlangen Flug von
New York nach London und dann den
Weiterflug nach Dublin nicht schlafen
können.
Ihre Anspannung auf das zu erwartende
Erlebnis ließ kein anderes Ergebnis zu.
K.U.R.S. Ein geheimnisvolles Komitee.
Nur, was soll sie da, sie, die erst 23 Jahre alt
ist? Okay, 23 Jahre jung und hübsch.
Sicherlich auch begehrenswert. Alles was die

Männerwelt und sicher auch Frauen als
Beuteprofil sich so vorstellen können.

Helen Winter spricht zu sich.
  „Hat mich etwa ein Obergangster
ausgeguckt. Wie im letzten Hollywood-Film?"
Helen kneift sich.
  „Helen, Rachel, Hallo. Hollywood lässt
grüßen, aber auch nicht mehr."
Sie fühlt sich immer mehr interessiert. Spürt,
wie ihr Körper wie ein Pendel hin und her
schwingt.
Ein starkes Pendel.

  „Wer sind Sie?", fragte Helen, während sie
das Schild las. Sie trat der eleganten
Empfangsdame am Terminal entgegen.
  „Willkommen Frau Winter, oder darf ich
Fräulein Winter sagen. Hatten sie einen guten
Flug?"
Die ältere Dame nahm Helen das Handgepäck
ab.
  „Dort ist eine Toilette. Machen Sie sich kurz
frisch. Wir fahren noch gute 1,5 Stunden mit
dem Auto."

In dem sehr versnobten Oldtimer-Auto
angekommen, erklärte die Frau Helen
Winter, wo die Fahrt hinführt.
Das Castell Martello Tower liegt nördl. von
Dublin.
Die Landschaft ist sehr vielseitig. Eine
teilweise sehr zerklüftete Landschaft, gebirgig,
dann grün, weite Felder, alles, was Irland
ausmacht.
Derweil klingelte bei Krüger das Telefon.

„Das Paket ist ausgeliefert!"
„Danke, hoffentlich frisch und unversehrt."

Für Krüger war es eine Herzensangelegenheit.
Er ist dem Baron verpflichtet. Der Baron hat
nach dem Tod des Vaters von Krüger, ihn
aufgenommen.
Jetzt ist die Zeit gekommen, etwas
gutzumachen.
Wobei „etwas" wenig untertrieben ist. Krüger
würde alles für den Baron machen.

Die Begegnung mit Helen Winter hat Krüger
imponiert.
Empfand ihre besondere Ausstrahlung,
entwickelte Sympathie, trotz der
ungewöhnlichen Art und Weise der
Bekanntschaft. Gerne hätte er mehr Zeit
verbracht.
Aber der Job ist nun einmal so.

Von Weitem sieht Helen die hohen und
ehrwürdigen Mauern des Castells.
Außergewöhnlich ist die runde Bauweise.
Skerries ist nahe gelegen von Balbriggan.

Noch zwei Kilometer geht es weiter über einen
sehr schmalen gepflasterten Weg nach
Williams Hall.
Helen spricht seit über 30 Minuten kein Wort
mehr mit der Begleiterin.
Es herrscht eine gespenstische Ruhe im
Wagen. Unterbrochen nur von dem
Scheibenwischer, der mit letzter Kraft den
enormen herab prassenden Wassermassen
standhält.

„Ja, Regen ist hier die Normalität",
unterbricht die im britischen Landstil
vornehm gekleidete Dame die Ruhe.
   „Der Herr Baron erwartet sie bereits seit gut
einer Stunde, aber so ist nun mal, das Wetter
lässt keine schnellere Fahrt zu!"

Helen ist das so etwas von egal, ob trocken,
ob Regen, wann und wie. Sie will wissen, was
das alles soll, zu bedeuten hat. Was
dahintersteckt? Und wer ist der Mann, der
Baron? Der Herr Baron, hat der feine Herr
auch einen Namen? Und sie fragt sich:
   „Wer kommt noch alles ist mein Leben,
noch ein Buttler, eine Zofe?"

Bald wird Helen die Erfahrung machen, dass
Hollywood nur Geschichten wiedergibt. Und,
dass sie ein Teil dieser Geschichte sein wird.
Ihr Leben ein Teil der Geschichte. Sie ahnt
noch nicht: Sie ist Teil von einem tödlichen
Geheimnis!
Der Wagen fährt durch das elektronisch
aufgesperrte Tor. Über einen Kiesschotterweg
führt der Weg zum Eingangsportal.
   „Warten Sie hier bitte einen Moment. Ich
möchte mich verabschieden. Freue mich, sie
kennenlernen zu dürfen. Der Vertraute des
Barons ist schon unterwegs."

Schnell bestieg die Frau den Oldtimer und
fuhr wieder davon. Der starke Regen hatte
aufgehört. Die erwartete Begrüßung stand
bevor, immerhin regenfrei.
Der wolkenverhangene Himmel gab kurz die
Sonne frei.

„Willkommen auf Williams Hall!"
Eine tiefe, etwas gebrochene Stimme gehört
zu dem Mann, der etwas gebückt, am Stock
gehend, sich den Weg zu Helen Winter bahnt.
„Ein Reitunfall!" Der Mann zeigt auf sein
Bein.
„Aber ein Traum, das Pferd reiten zu
dürfen."
Schob er gleich hinterher.
„Ich bewirtschafte das Gut des Castells, die
Pferde und versorge, was sonst noch hier am
Leben ist."

Dublin
Balbriggan, Martello Tower
15.35h

„Nur 32 Kilometer von Dublin, aber ich
weiß, eine lange Fahrzeit. Schön, dass ich sie
begrüßen darf. Mein Name ist Baron von
Sydlitz und Hartgenstein.
Sozusagen bin ich hier der Burgherr. Hier im
Martello Tower, Williams Hall, hört alles auf
mein Kommando. Also alle Hunde, Katzen,
Enten, Gänse, die Ziegen, also alles, was zwei
bzw. vier Beine hat. Und da sie ja auffallend
zwei Beine haben, gehören sie nun auch
dazu!"
„Ich habe nicht nur zwei Beine, auch zwei
Hände!"
Kess streckt Helen dem Baron eine davon
entgegen.
Eher etwas steif, der erwiderte Händedruck
des Gastgebers.

„Ich habe ein Zimmer herrichten lassen.
Mein Vorschlag: Machen sie es sich kurz
bequem, fühlen sie sich wohl und kommen
um 20 Uhr zum Lunch. Besser gesagt, zum
Dinner. Mögen sie Fisch? Dazu einen guten
Tropfen Wein? Dann sprechen wir über alles,
auch darüber, warum sie hier sind. Über
alles. Das verspreche ich Ihnen, Frau Winter."
Helen ist fassungslos. Was bildet sich dieser,
sie schätzte 50-jährige Snob ein. Wenige
Kilometer? Sie ist fast einmal um die Welt
geflogen! Nun soll sie auf i h r Zimmer
gehen.

„Mein Zimmer? Schon mal gar nicht.
Wohlfühlen? Wie bescheuert ist das denn,
bitte schön? Ja. Ich höre auf Kommando!
Helen. Strammgestanden. Ja, Herr Baron.
Kurs? Auf welchem Kurs sind sie denn?"
Sie spricht lange zu sich: „Ich verspreche
ihnen. Alles. Sie erfahren alles."
Helen äfft sich an. Ach ja, blond ist eben
blond. Sie betrachtete lange Momente immer
wieder das Gesicht des Barons. Sieht sehr
kantige, genarbte Konturen, sie bestimmen
sein Aussehen.

Etwas später

Das urig hergerichtete Zimmer am
angrenzenden Turm des Castell hat Helen
Winter beeindruckt.

„Was war Ihr Traum heute Nacht, Frau Winter?"
Mit so einem Beginn der Begrüßung hatte Helen Winter nicht gerechnet.
„Herr Baron, oder wie sie sich nennen, ich bin hier 1. nicht zum Träumen, 2. Zugegeben interessiert es mich schon, um was es genau geht. Und 3. ....!
Helen stockt, dann spricht sie ganz locker.
„Freue ich mich erstmal auf ein leckeres irisches Breakfast."

Der Baron führt seinen Gast, leicht an der Schulter berührend, in eine vom Licht durchflutete Nische eines Nebenraums. Die zahlreichen großen Scheiben werden unterbrochen von Bleikristallfenster.
Der reichlich gedeckte Tisch hätte auch Platz für vier Personen gehabt. In der Mitte ein Rosenpucket, umsäumt von weißen Kerzen.
Mit schnellen, kurzen Handbewegungen zündet der Baron die Kerzen an.

Helen schaut auf einige der herabgefallenen Rosenblätter.
Sie nimmt eines von ihnen auf.
Ein herrlicher Duft, von dem nicht ausgetrockneten, eher frischen Blatt, strömt ihr entgegen.
Was dann aus dem Munde des Barons kommt, entfacht in Helen eine unvorstellbare Neugier.

Ohne den Inhalt realisiert zu haben, speichert sie für sich die Überschriften ab:

Kartell
Kader
Templer
Weltregierung
Empire
Globalisierung
Macht

Der Baron holte sehr weit aus und erklärte
Helen den Zusammenhang: Aus über 250
Personen besteht das Kartell 300. Darüber
hinaus gibt es noch viele Informationsträger
und noch weitaus mehr Sympathisanten. Sie
hatte schnell begriffen: Die Zeit der
konventionellen Kriege dient nur der
Ablenkung. Der Cyberkrieg ist neues Maß der
Dinge. Wer die Wirtschaft lenkt, hat die wahre
Macht. Politik ist das Erfüllungsorgan.
Erfuhr Helen gerade eine Wahrheit, die
niemand wissen will? Sie macht sich kurze
Gedanken.Warum ist das so?
Der Baron spürte Helen Winters
Nachdenklichkeit.
    „Sie fragen sich sicherlich, warum wollen
die Menschen die Wahrheit nicht wissen und
schon gar nicht akzeptieren? Ich sage es
Ihnen: Weil die Wahrheit sie beunruhigt."

Helen findet immer mehr Interesse an ihrem
Gegenüber, den fast schon grau melierten
Mann. Sein Gesicht wirkt oft spitzbübisch.
Mit einem Dreitage-Bart verbirgt er sein
faltiges Gesicht.
    „Noch eine Tasse Tee?"
    „Gerne!"

Helen steht auf, geht mit der Tasse Tee einige
Schritte in Richtung Fenster. Draußen führt
der Stallbursche zwei Araber. Schwarzbraune
Rassepferde gehen im Schritt an einer
mittellangen Leine.

Helen kommt etwas später an den Tisch
zurück.
„Kommen Sie, wir setzen uns an den
Kamin."
Ihr Blick nimmt die Sitzgruppe unter einem
riesigen Gemälde wahr. Eine Weile herrscht
absolute Ruhe.
Helen weiß, wer zuerst etwas sagt, der hat
verloren.
Der Baron schaut Helen an und hörte.
„Und, was habe ich damit zu tun?", war die
Frage Helens, auf die der Adelige K 300-
Führer gewartet hatte. Der Baron holt die
Katze aus dem Sack.
„Ich weiß Frau Winter, sie sind auf dem
Weg Sprachen zu lernen, Korrespondentin,
ich denke, um Dolmetscherin zu werden. Was
halten sie davon, eine ganz große Karriere zu
machen? Eine Karriere, wo es nicht mehr
gibt. Zum Beispiel im obersten Bereich der
UN?"
Der Baron spürte, das Angebot zeigte
Wirkung.
„UN?" Helen bleibt kurz die Luft weg.
„Sie meinen New York?"
„Die UN haben viele Stationen auf der Welt.
Stellen Sie sich vor: Sie sind in Begleitung der
wichtigsten Politiker, Wirtschaftsleute. Ich
denke da an die Firma FAIRCOM."
Helen überlegt kurz.

„Und warum dieser geheimnisvolle Auftritt.
Was hat K.U.R.S. damit zu tun?"

„Ihre Schlagfertigkeit reizt mich, Frau
Winter. Ich will ganz offen sein, weil wir
wissen wollen, was dort in den Ebenen der
Macht abläuft."
    „Ich soll also eine Spionin werden, sagen sie
es doch geradeheraus!"
    „Wenn sie das so sehen, ist das so.
Dolmetscherin ist die Tätigkeit, Spionin die
Berufung."
Der Baron lächelt und fügt verschmitzt hinzu.
    „Und die Berufung bekommt so um das 10-
fache an Einkommen."
Helen antwortet kess.
    „Sie wollen mich also mit Geld ködern.
Wissen Sie, Geld ist für mich nicht wichtig.
Ich bekomme von
meinem verstorbenen Vater eine lebenslange
Leibrente. Genaugenommen brauche ich
nicht zu arbeiten!"
    „Eben, eine Berufung. Sie können ja gerne
das Geld spenden. Wenn sie sich dann besser
fühlen."

Der Baron schmunzelte. Langsam kamen sich
die beiden näher. Mehrfach brachten sie sich
gegenseitig zum Lächeln. Helen ignoriert
derweil eingehende Anrufe auf ihrem Handy.
Erst Mark. Dann Debbie. Nochmal Mark.
    „Noch ein Glas Rotwein, Frau Winter?"

Die weiteren gut zwei Stunden vertiefen beide
ihre Gespräche. Helen interessierte sich für
das Unternehmen FAIRCOM. Sie sieht das

Angebot als eine Chance. Begreift, sie wird
Teil eines riesigen Netzwerkes.

Der Baron geht an ein Sideboard. Er drückt
auf einen nicht sichtbaren Knopf. Eine
Schublade lässt sich nun öffnen. Helen sieht,
wie der Baron eine runde Samtschatulle
herausnimmt. Darin liegt ein gerolltes Papier.
Zwei Seiten, jeweils die Vorder- und
Rückseite, bedruckt in alter, kaum lesbarer
Schrift. Der Baron gibt es Helen zum Lesen.
Helen nimmt das Schriftstück und liest Zeile
für Zeile. Saugt das spannende Kapitel aus
der Historie der Knights Templar.

Der Templerorden. Die Tempelritter. Die
Templerorden- Regeln: Die Templer lebten
nach den drei Prinzipien des Mönchtums:
Keuschheit, Armut und Gehorsam. Als
religiöser Orden waren sie direkt dem Papst
unterstellt. Die erste urkundliche
Erwähnung, ist zeitgenössisch für den Januar
1128 verbrieft. Das Handeln der Tempelritter
war sehr vielfältig. Schutz der Pilger,
militärische Kriegseinsätze, wirtschaftliche
Aktivitäten. Es gab über 9.000 Besitztümer,
in ganz Europa verstreut.
Im Jahre 1307 wurden die Mitglieder des
Ordens schließlich der Ketzerei und der
Sodomie angeklagt. Der Papst war zu dieser
Zeit vom französischen König abhängig, daher
standen die Chancen des Ordens schlecht.
Philipp IV. machte die Sache zur
Staatsaffäre. An dem 14. September 1307
(dem wichtigen Fest „Kreuzerhöhung" und
damit gewiss ein wohlüberlegtes Datum),

wurde der Haftbefehl Philipps IV. ausgefertigt und zwar für alle Templer ohne Ausnahme. Sie seien zu verhaften, gefangenzuhalten und dem Urteil der Kirche zuzuführen. Ihre Besitztümer und bewegliche Habe sei zu beschlagnahmen und zu treuen Händen aufzubewahren. Es gab versiegelte Briefe, mit der Auflage, diese am Freitag, dem 13. Oktober 1307 (der „Schwarze Freitag"), zu öffnen und dann strikt dem Inhalt gemäß zu verfahren. Die Briefe enthielten die Haftbefehle. Es begannen die „Templerprozesse". Am 18. März 1314 wurde Jacques de Molay zusammen mit Geoffroy de Charnay auf dem Scheiterhaufen in Paris verbrannt. Am 22. März 1312 löste Papst Clemens V. auf dem Konzil von Vienne (Frankreich) den Orden auf.

La Rochelle, Frankreich, 13. 10. 1307

Der böige Wind peitscht das aufgewühlte Wasser an den Pier des Hafens. In der Dunkelheit der Nacht huschen dunkle Gestalten aus verschiedenen Gassen zu den drei Seglern. Prachtvolle Schiffe , die auf einen der grössten Schätze der Menschheit warten. Es waren unruhige Zeiten für die Tempelritter.
Eine Epoche der Gotteskrieger naht dem Ende.
Oder den neuen Anfang? Papst Clemens V. in Rom und in Frankreich König Philipp IV- genannt der Schöne, hatten sich gewünscht,

den grossen Reichtum des Templer-Ordens für die eigene Macht einverleiben zu können.

Eine Verschwörung: Der Schatzmeister des Königs war gleichzeitig Schatzmeister des Tempelritter-Ordens in Frankreich! Die königlichen Schergen, die in einer beispiellosen Mordnacht die Templer ausrotten wollten, konnten ihm diesen Wunsch nicht erfüllen. Leere Kisten, wertlose Reste.

Wo ist der Schatz der Templer? Wie konnten sich doch einige wenige der Tötung oder Gefangennahme entziehen?

Jacques de Molay – der letzte Grossmeister der Tempelritter – hatte die Vorahnung seinen Getreuen beim letzten Treffen offenbart. Selbst in die Gefangenschaft geraten, einem Martyrium von fast vier Jahren ausgesetzt, konnte er sich nur mit seinem Feuertod auf Ile aux Juifs im Jahre 1314 unsterblich machen. Seinen Geist weiterleben lassen.

Holzbeschlagene Kisten, Ton- u. Metallgefäße, Stoffe, unvorstellbare Mengen an Schwertern, Waffen, Gold und Silber, Kupferbeschlagene Ausrüstungen. Wildaufzäumende Pferde werden in das Innere der Grosssegler geführt. Fässer mit Wein, Vorräte in Säcken. Gewürze, Samen. Exakt aufgeteilt auf drei Segler. Generalstabsmäßig geplant und durchgeführt in nur knapp zwei Stunden. An diesem 13.10. 1307.

Die dunklen Gestalten verschränken ihre Arme zum Abschiedsgruss.

Gespenstisch leise legen die drei Schiffe ab. Gekonnt wird die Segeltakelage in den Wind gerafft. Stolz weht das Banner – die weiße Flagge mit dem roten Kreuz. Die Schiffe gleiten durch das Meer, ihren Zielen entgegen. Das Tatzenkreuz weht im Wind. Klug der Plan, sich zu trennen. Eine Route über den Atlantik wird nach Nordamerika führen. Eine zweite Route in die Nordsee nach Schottland. Die dritte Route ins Mittelmeer. Nicht nur die Richtung ist klar. Auch die Botschaft. Weiterkämpfen. Den Auftrag erfüllen.

AU BEAUSEANT! „Non nobis Domine, non nobis, sed nomini tuo da gloriam"!

Die Sinclairs unsterblich machen. Den Bischof von Ross stets in Würde gedenken. Den späteren Erben den Weg ebnen. Gottes Auftrag erfüllen.

Sein blutiges Testament.

Neue Dynastien gründen und unterdrückte Freiheit unterstützen. Das Aufbegehren der Schotten gegen die Engländer. Für das Recht der Schwyzer gegen die Habsburger Willkür kämpfen. Den grossen Kontinent am Ende der Welt entdecken. Die wahren Schriften der Lehre Gottes verbreiten. Der Menschheit die Macht des Schwertes Gottes zu zeigen. Ein Schwert in Flammen.

Helen liest das Ganze mehrfach. Kommt auf
Kurs mit dem Baron. Ja, K.U.R.S. An den
Zielen der neuen Weltordnung findet sie
Gefallen.

„Bleiben Sie noch ein paar Tage. Ich zeige
Ihnen die wunderschöne Landschaft. Und
wenn es Ihnen recht ist, auch noch meine
rechte Hand."
Helen kann, will nicht absagen. Fühlt sich
geehrt, besser, beeindruckt, einen Teil der
Weltgeschichte mitschreiben zu können.
Fluch oder Segen?

„Ich mach es! Sie können, ja, K.U.R.S. kann
sich auf mich verlassen!"

Am nächsten Tag stellt der Baron seine rechte
Hand, Lord Gameford vor. Ihr erster Eindruck
ist nicht der beste.
Der Lord trat sehr kühl auf. Nach einem
ausgiebigen Frühstück unternehmen sie zu
dritt einen Ausritt.

Helen ist sich sicher, es folgt die spannendste
Epoche ihres Lebens. Es ist kein Traum, sie
ist mittendrin.Mittendrin im Entstehen einer
neuen Weltordnung.

Anhang 2: Buchempfehlung

**Die Autobiografie von
Werner R.C. Heinecke**

Angekommen! Ein Mann steigt um. Stationen 1947-2010

Werner R.C. Heinecke 2010
BOD – Verlag Norderstedt
ISBN 978-3-8391-5349-9

Leseprobe von Originalauszügen

Vorwort

Was haben Sie am Montag, dem 7. Dezember 2009 um 15 Uhr getan?

Okay, welch eine Frage. Wer weiß schon so auf Anhieb alle Erlebnisse auf den Punkt gebracht. Ich natürlich auch nicht. Im Allgemeinen. Im Besonderen schon.

An diesem Tag, übrigens ein wunderschöner blauer Himmel, so etwa 19 Grad, höre ich gerade das Geläut der Dorfkirche in S' Arraco. 19 Grad, Sonne. Ja lieber Leser. Zu diesem Zeitpunkt bin ich auf den Balearen, genau genommen auf Mallorca. So etwa 2 km von Andratx entfernt.
Meine Wanderung heute hat mich in diese bizarre Gegend geführt. Vorbei an grünen Hainen, Gärten mit Orangenbäumen. Keine Menschen auf der Straße. Heute ist auf Mallorca ein Feiertag. Mich treibt das Glockengeläut der Schafsherden. Ein Blick auf das Straßenschild.
Cami can Jesus! Ist das ein Hinweis. Musste ich hier heute wandern?

Sie haben mein letztes Buch gelesen? Mission Wow! Alles ist möglich? Dann wissen Sie bereits, dass es im Leben keine Zufälle gibt. Ja, alles ist möglich.

Und ich habe genau um 15 Uhr den
Entschluss gefasst, dieses Buch zu schreiben.
Der Titel musste so lauten:
Angekommen! Ein Mann steigt um.

Ich bin ausgestiegen. Raus aus den
Wirtschaftsleben, raus aus der gewohnten
Umgebung, raus aus dem Familienleben, dem
Freundeskreis, dem Gewohnten. Mich
zugewendet neuen Themen, wichtigen
Themen in unserer Gesellschaft.

Und warum hat das Buch dann den
Untertitel: Ein Mann steigt um?
Ganz einfach, es gibt keinen Ausstieg,
allenfalls einen Umstieg. Denn es geht weiter.
Im Leben und überhaupt.

Was ist das Interessante an diesem Buch?
Ich bin ein normaler, kein Promi, kein Schicki
Micki Typ, okay schon extrem beruflich
engagiert und relativ erfolgreich.
Interessiert Sie trotzdem meine Geschichte?
Authentisch. Was war bisher, was werde ich
alles noch erleben. Welche Entdeckungen hat
das Leben für mich? Mein Leben auf Mallorca
und überhaupt so. Welche Abenteuer liegen
vor mir?
Welche Begegnungen?

Heute bin ich einfach losgelaufen. Die
Richtung war klar, immer den Bergen zu. Den
Ausläufern des Tramuntana Gebirges.
Dann der Sonne entgegen, denn dort ist das
Meer. Verlaufen geht also nicht. Vorbei an der
Via Roma, eine bezaubernde idyllische

Fußgängerzone, die durch Andratx führt.
Vorbei an den Autos, auf denen die Katzen in
der Sonne liegen.
Vorbei an den Cafes, wo die wenigen
Menschen draußen ihren Cafe con Leche
genießen. Ich setzte mich dazu. Links von mir
wird Spanisch gesprochen, rechts von mir
Englisch. Buenos Dias. Que tal? Nice to meet
you. Have a nice day.
Ich bin stolz mitzuhalten. Plötzlich ein guten
Tag. Eine Norwegerin, die neben englisch,
französisch, spanisch auch etwas Deutsch
spricht. Plötzlich leben, ein Motorgeknatter.
Zwei Motoradbiker in voller Montur.
Hola! Hier grüßt jeder freundlich. Muy bien!
Ich bin angekommen. Da wollte ich hin.
Einfach nur Mensch sein. Keine
Rechenmaschine mehr, kein Brieföffner, kein
Glücksbringer. Kein Statussymbol.
Ich bin weg, um das Glück zu finden. Es liegt
vor mir. Jede Minute spür ich die unendliche
Freiheit.
Ich lese in einer spanischen Zeitung. Real
Mallorca hat gewonnen. 4:1 !
Ich blättere weiter. Ja, die deutsche
Bundesliga ist auch erwähnt. Die Tabelle.
Mein Verein Werder Bremen auf Platz 2
weiterhin. Gutes Gefühl.

Meine Gedanken sind beim zu Hause in
Dresden. Dem immer bleibenden. Es ist nicht
weg. Alles da. Ich habe in mir gutes Gefühl,
wenn ich an Deutschland denke. Bin nicht im
Streit weg. Bin nicht allein. Jetzt geht es um
meine Gesundheit. Das hat Vorrang. Zur
Ruhe kommen.

Viele gute Gedanken der Vergangenheit sind in mir.

Das Leben besteht aus Stationen. Vielen Haltestellen, Abzweigen.

Ich werde ihnen von meinen berichten. Von meiner Achterbahn. Es ging auf und ab, steile Kurven waren zu meistern. Es ging rauf und runter, auch steil. Ich habe viel Mist gebaut, nicht alles war okay, aber wer ist denn schon unfehlbar? Jeder Mensch macht Fehler. Wichtig ist, dass man das verantwortet, was man tut und auch das, was man unterlässt.

Viele sagen zu mir, toll der Mut diesen Schritt zu tun. Meine Frau gab mir beim Abschied eine CD mit, Lieder von Herbert und Udo drauf. Mach dein Ding. Zu Hause angekommen in meinem Dorf hör ich rein. Stelle auf laut und tanze dazu. Mach Dein Ding.
Übrigens, vor ein paar Tagen war Udo Lindenberg hier. Auf Malle, in Andratx. Nicht weit von mir.
Udo, Du hast so Recht. Ich habe dich stets bewundert, mit deiner Art zu leben, in Hamburg, im Hotel.
Ich brauchte lange, um zu verstehen.
Ich habe jetzt verstanden. Glaube zumindest verstanden zu haben.

Danke, Udo.

Inhaltsverzeichnis

Kapitel I: Stationen

Die Macht des Geldes

Warum Geld wichtig ist, hier meine Erfahrungen aus rund 60 Jahren.
Das Wichtigste zu erwähnen ist, so glaube ich, ist die Phase der Prägung.
Mein Geburtsjahr 1947 deutet schon daraufhin, als Kind bin ich nicht im Luxus und Wohlstand aufgewachsen. Gut zwei Jahre nach Kriegsende hatten wir in Deutschland Trümmerlandschaften. Meine

Eltern ein zerbombtes Haus in dem völlig
zerstörten Bremer Westen. Mein Vater war
Gartenarchitekt. Vor dem Krieg durfte er die
schönsten Gärten der damaligen
Wohlhabenden in bester Bremer Lage
anlegen. Beschäftigte über 15 Leute. Und
dann der Krieg. Selbst krank aus der
Gefangenschaft zurückgekehrt, kam er in eine
neue Zeit. Alles andere wurde gebraucht als
Gärten und deren Pflege. In dieser Zeit zeigte
sich der halt in der Familie. Leider
oft immer in der Not. So auch bei uns. Die
Großeltern samt Tante wohnte unter einem
Dach. Mein Lieblingsessen damals
Zuckerbrot. Schwarzbrot mit Zucker drauf.

Als Kind bin ich mit Opa zu den
Hamsterbauern tauschen. So mit dem
Bummelzug 5 – 6 Stunden am Tag Bahn
gefahren, 3 Stunden noch gelaufen und 2 – 4
Stunden beim Bauern gearbeitet und dann
Essen bekommen und noch etwas getauscht
von dem, was wir mit hatten.

Doch wir alle wissen heute, aus Ruinen hat
die damalige Generation ein tolles Land
aufgebaut. Ich erinnere mich an meine
Kindheitszeit so ab 6 Jahren noch gut.
Meine Eltern hatten als Erwerb nun einen
Blumenladen-übrigens über 30 Jahre lang.
Ich half oft mit aus, bekam so meine ersten
DM. Wohl zuerst noch Pfennige, aber dann
auch schon mal die Stunde 1 DM. Da meine
Eltern beide tagsüber im Geschäft waren,
wuchs ich mehr bei den Großeltern auf. Mein
Junge hier hast du eine Mark, iss dir was

davon! Ja, Mutti. Was hat Klein Werner gemacht? Er ist zur Oma gegangen und hat dort gegessen. Hat dir Mutti nichts gegeben? Mein Blick sagte wohl alles. Übrigens, die Mark kam in den Spartopf.
Ich hatte eines sofort raus. Ohne Geld ist nichts im Leben. Ob da schon die Weichen für später gestellt wurden?
Ich war zuletzt über 22 Jahre, bis 2009, selbstständiger Finanzkaufmann!
Und so war ich am Sparen. Jedes Trinkgeld und die Hälfte vom Taschengeld wanderte in den Spartopf. Wünsche werden durch Geld erst wahr. Das begriff ich schnell.
So habe ich mir mein 1. Fahrrad, das erste Tonbandgerät, das erste Auto, zusammengespart.

Ein Problem war immer, nach einer Anschaffung war das Geld weg. Aber neue Wünsche waren da. So habe ich wieder gespart. Richtig gut war das mit den Blumen ausfahren.
Da gab es doppelt. Lohn und Trinkgeld.
Leider nicht bei den Beerdigungsinstituten. Tote geben bekanntlich kein Trinkgeld.

Ich habe übrigens nichts ausgelassen. So musste ich auch Lotto spielen. Gleich den Volltreffer gelandet. Da war ich 20 Jahre alt. Ein Tippschein. 12 mal 3, 3 mal 4 und 1 mal 5 Richtige. Das war stark. Vaters Weinkeller musste dran glauben. Zumindest seine beste Flasche, gut gehütet jahrelang.
In meiner Lehrzeit schob ich noch zweite Schicht in der Produktion. Leider gefiel das

dem Personalchef nicht. Aber für mein Auto
hat es gereicht.
Zu den Fahrten in die Kaserne in der
Bundeswehrzeit war ich also motorisiert. Von
den Mitrekruten Benzingeld und so ging auch
das ganz gut.

Ja, lieber Leser, ich hab nichts ausgelassen.
Als sogenannter 68 die Anfänge von Andreas
Baader und Ulrike Meinhof erlebt. Rudi
Dutschke und Teufel usw. Bremen war
damals eine linke Studentenhochburg. Und
ich mittendrin. Politisch eher rechts von der
Mitte. Freundeskreis Franz Josef Strauß. Da
war ich zwischen allen Stühlen.

Beatles, Rolling Stones, Elvis, das war so
meine Sturm- und Drangzeit. 1964 gründete
ich den Beatle-Fan-Club in Bremen. Stolz,
damals schon präsent im Bremer Fernsehen.
Meine Eltern sind ausgerastet, ihr Sohn mit
langer Beatle-Mähne.

Übrigens, mit dem Clubausweis konnten wir
zum halben Preis in die noble Disco von
Bremen. Und so ging das weiter.
Geld ist wichtig. Tauschmittel. Ohne Moos,
nichts los.Wir hatten nicht viel. In der Disco
betrug der normale Eintritt 3 DM.
Verzehrbon. Dafür gab es drei Cola. Na klar,
ich kam für 1,50 rein. Dann hab ich 2 Bons
verkauft und eine Kola getrunken. So wurden
damals Geschäfte gemacht.
Übrigens von den verkauften Bons haben wir
Bratwurst u. Pommes gekauft. So war auch
der Magen voll.

Sie werden schmunzeln, in welchem Alter
sind Sie, lieber Leser?
Können Sie sich heute noch so etwas
vorstellen?
Denken Sie, das war damals eine Ausnahme?
Ich glaube nicht. Eines haben wir gelernt.
Was Geld bedeutet und was man dafür tun
muss.

Meine erste Angestelltenstelle habe ich wegen
50 DM Mehrverdienst gewechselt. Also von
600 DM auf 650 DM. Den 600 Mark Job habe
ich angenommen, obwohl mir schon ein
Angebot von 550 Mark als Banker bei der
Commerzbank in Bremen vorlag.
Unvorstellbar aber wahr.
Meine Eltern bekamen damals eine Krise. Ich,
ihr Sohn nicht Banker.
Geht ins Büro eines Elektrohandels.
Übrigens. Geld ist nie weg, hat nur jemand
anderes!

Die Ausbeutung

Stellen Sie sich Folgendes einmal vor:
Engagiert und pflichtbewusst voller
Firmeninteresse gehen Sie ihrem Job nach.
Feierabend für Sie ein Fremdwort, galt es
doch noch die Bargeldkasse abzurechnen.
Wohl verstanden, nicht meine, die der Firma.
Und das war in einem mittleren
Elektrogroßhandel nicht gerade wenig und
nahm schon 1 – 2 Stunden Zeit in Anspruch.
Der Chef kommt vorbei, macht das Licht aus,

ignoriert sie total mit den Worten: „Wer lässt
denn hier noch das Licht an!"
Ich war knapp 22 Jahre alt. Musste erstmals
überlegen, war das 50 Mark im Monat mehr
zu verdienen es Wert schikaniert zu werden?
Ich fasste mir ein Herz. Ging zum Chef.
Sprach in daraufhin an und begründete
meine Kündigung.

Meine Kündigung widerlegte er mit den
Worten: „Bei mir kündigt keiner".
Zog seine Schreibtischschublade auf und
holte ein Schreiben raus. Setze das Datum
ein und übergab mir die Kündigung.

Ich schaute mich sofort nach neuer Arbeit
um. Wer wollte ich eigentlich sein?
Wie sollte mein Leben werden?
Als gelernter Kaufmann fand ich eine
Anstellung bei einem Handwerksbetrieb.
Ich sollte fast 20 Jahre dort arbeiten.
Was mich reizte an dem Job war die
Tatsache, als Mann für alles, besser bekannt
unter Mädchen für alles, zuständig zu sein.
So etwas wollte ich.
Ein Job, wo ich mich entfalten konnte und
vor allem auch meine Fähigkeiten voll
einbringen konnte. Und die lagen
zweifellos im Organisieren.

Anfangs bestand das Unternehmen aus sechs
Mitarbeitern und wuchs dann unter anderem
auch wegen meiner kaufm. Leitung zum
mittleren Unternehmen mit 30 Mitarbeitern
heran. Das Glück hat oftmals der tüchtige.
Das kann ich nur bestätigen. Denn ein

glückliches Händchen hatte ich. So gelang
mir oft in Bauausschreibungen knapp zu
siegen und durch geringe Kostenstruktur
gegenüber den Großen der Branche die
Aufträge an Land zu holen. So gingen
unserem Unternehmen Millionen-Aufträge ins
Netz.
Klar, dass ich davon auch partizipierte.
Schnell bekam ich weitgehende Vollmachten.

Im Verdienst war ich jahrelang im oberen
Bereich der Beitragsbemessungsgrenze. Sollte
sich noch mal auswirken, denn bei der
gesetzlichen Rente ist eines sicher, sie
kommt, zwar klein aber pünktlich.
Gewinnbeteiligung wirkte sich positiv aus,
denn das Unternehmen schrieb über alle
Jahre schwarze Zahlen.
So wurde auch schnell mein wirtschaftlicher
Erfolg in materiellem Erfolg sichtbar.

Mit 25 Jahren bezog ich das eigene Haus und
mit 30 Jahren erwarb ich die Ferienwohnung
in Cuxhaven an der Nordsee.
Die materiellen Dinge zogen den Teufelskreis
an. Immer mehr Aufträge, immer mehr
Mitarbeiter, immer mehr Stress. Ich lernte
das erste Mal die gesundheitlichen Grenzen,
und das mit 35 Jahren.
Aufhören? Jeder, der in der Mühle steckt,
und lieber Leser, ich weiß nicht, welche
Erfahrungen Sie schon gemacht haben, tut
sich schwer einen Gang zurückzuschalten.
Wenn ich mit „Herzschmerzen" den Arzt
aufsuchte, ein Kardiologe versteht sich, sagte

der: „Herr Heinecke, suchen Sie sich einen
neuen Job oder ich gebe Ihnen noch 5 Jahre."
Das mit den 5 Jahren habe ich
hinbekommen. Wie? Ich sage es Ihnen.

So in der Mitte der 80 Jahre kam in der BRD
die Krise in der Bauwirtschaft.
Auch an unserem Betrieb ging die nicht
vorbei. Während ich versuchte wirtschaftlich
die Problematik zu lösen, die Arbeitsplätze zu
halten, hatte mein Chef die Gabe, allen vor
den Kopf zu stoßen. Während der
Betriebsversammlung wurde sein neuer
Daimler vorgefahren, und ich sollte den
Handwerkern von Lohn- und Sozialkürzungen
berichten. Mein Job als
Unternehmensvertreter beim Arbeitsgericht
bestand darin, Abfindungen zu vermeiden.
Ich schmiss bei passender Gelegenheit die
Tür vom Chefzimmer zu, die Scheiben flogen
buchstäblich heraus und ich ließ mich zum
Satz hinreißen: „Suchen Sie sich einen neuen
Clown. Ich suche mir einen neuen Zirkus!"
Die Folge: Mein Arbeitsprozess. Gott sei
Dank, gewonnen.

Mit den rund 20.000 DM Abfindung startete
ich 1986 in meine Selbstständigkeit. Eröffnete
in der Bremer Innenstadt ein
Spezialitätengeschäft.
DAS KRAMER-STÜBCHEN IM BREMER
ZENTRUM. Ich führte es 10 Jahre.

Übrigens, meine innere Einstellung zu
Aufrichtigkeit habe ich mir stets bewahrt.

Ich sehe in ihr das wichtigste Gut. Das Leben
ist zu schade, um es an einen
Seelenverkäufer zu geben.
Die wahre Freiheit im Leben ist, frei zu
entscheiden.
Geld ist Freiheit. Viel Geld ist viel Freiheit.
Nutzen Sie dieses Gut. Ich wünsche es Ihnen.
Von ganzem Herzen.

Karriere und Ziele

Mein Lebensmotto war stets: „Du schaffst,
was du willst!"
Und ich kann heute vollem Herzen und
Bewusstsein jedem anraten, aus seinem
Leben das optimale zu machen.

Wenn wir bedenken, dass dies nur wenige
Prozent der Menschheit überhaupt möglich
ist. Über 4 Milliarden Menschen bleibt der
Zugang zu Wohlstand gänzlich verhindert.
Wir leben in einer Welt, wo Hunderttausende
täglich an Hunger sterben. Armut und
Krankheiten bestimmen das Schicksal in
vielen Ländern.

Ich habe Gas gegeben im Leben, um
irgendwann aussteigen zu können.
Den Zeitpunkt selbst zu bestimmen.
Den Preis bereit sein, für die Karriere zu
zahlen. Auch den Preis zahlen beim Ausstieg
aus der Karriere.
Wichtig ist, nichts zu bereuen. Das zu tun, wo
man dahintersteht.
Carpe Diem - nutze den Tag.

Viele Menschen gehen oft Wege, weil sie
meinen, sie müssen, sie müssen so gehen.
Niemand muss. Mein Appell: Sie möchten.
Nicht Sie müssen.
Sie möchten erfolgreich werden? Sie möchten
zum Beispiel eine Familie gründen?
Sie möchten eine Führungsposition? Oder Sie
möchten die Selbstständigkeit?
Gerade in Deutschland haben viele Angst vor
der Selbstständigkeit.
Angst vor der Selbstständigkeit heißt doch
Angst vor sich haben.
Die soziale Hängematte ist keine Sicherheit,
sie ist mit Sicherheit eines, ein Leben im
Mittelmaß allenfalls. Ein 1500,-- Einkommen
ist eine 1500,-- Lebensqualität.
Selbstbewusstsein heißt doch nichts anderes
als sich selbst seiner Stärken bewusst sein.
Viele Menschen entdecken ihre Talente nicht.
Denken Sie an die vielen Künstler, was waren
die mal anfangs im Beruf.

Sie denken, der schreibt ein Buch über
Aussteigen und jetzt appelliert er an die
Karriere?
Geduld, wir sind auf den Anfangsseiten. Sie
wollen doch ein Buch so mit 220 Seiten.
Da habe ich noch voll zu tun. Ich zu
schreiben und Sie dann zu lesen.

Und hier kommt mein Tipp. Denken Sie gar
nicht an die Karriere. Oder glauben Sie, den
Beatles war 1962 klar, dass sie mal 1 Mrd.
Tonträger verkaufen? Oder Franz
Beckenbauer, dass er mal der Kaiser genannt
wird? Und Bill Gates, glauben Sie, dem war

bewusst, wie er der reichste Mann auf der
Welt werden wird? Ob Barack Obama oder
Madonna, eines haben alle Erfolgreichen
gemeinsam: Sie wollten erfolgreich werden.
Wie und wie groß er ausfallen wird, weiß
vorher niemand.
Und noch etwas haben die gemeinsam: Sie
haben sich Ihrer Sache verschrieben. Auch
den Umgang mit den Hindernissen.
Das wichtigste ist das Ziel, und vor allem den
Glauben daran, es zu erreichen.
Also geben Sie einfach Ihr Bestes. Wer viel
dem Leben gibt, bekommt auch viel zurück.

Am Anfang ist es Geld. Aber irgendwann ist es
nicht mehr das Wichtigste. Ich weiß, wovon
ich spreche. Viele wollen es nicht wahrhaben.
Es geht dann um etwas anderes. Bei dem
einen ist es Macht.
Macht ausüben, oder in der Macht
berauschen. Es kann aber auch die
Anerkennung sein, die man erfährt, aber
auch anderen zuteilwerden lassen kann.
Die Erfahrungen mit der Lebensqualität.

Glauben Sie mir, es ist etwas anderes als zum
Beispiel eine Postkarte von Mallorca zu lesen
oder sie von dort zu versenden.
Auf Mauritius geschnorchelt zu haben oder
nur einen Film davon gesehen zu haben.
Zugegeben.
Warum eigentlich die Postkarte. Dem anderen
einen ehrlichen wohlgemeinten Gruß zu
übermitteln oder zu zeigen; schau her, ich bin
auf Mallorca im Urlaub. Also als
Selbstbestätigung.

Das Gefährliche an der Karriere ist die Sucht
nach Selbstbestätigung.
Diese Sucht ist eine Krankheit. Deshalb
suchen Sie in sich die Erfahrung, warum
wollen Sie erfolgreich werden.
Meine Definition für Erfolg ist: die
zunehmende Verwirklichung eines
erstrebenswerten Lebens.
Finden Sie es für sich heraus.

*Egal, was man tut, es gibt einen besseren
Weg. Suche ihn nicht, gehe einfach los!*

Werner R.C. Heinecke

Kapitel II: Wegweiser

Der Sinn des Lebens

Wir alle haben das gleiche Konto. Es sind
jeden Tag 86400 drauf. Nicht Euro, Dollar
oder Yen. Nein, auch keine SFR. Sekunden.
Wir heben ab, unaufhaltsam, verbrauchen.
Aber wofür?
Alles ist zu ersetzen, wirklich alles. Nicht die
Zeit und nicht das Leben.
Zeit ist Leben.
Sigmund Freund, Peale oder Murhpy hätten
meine besten Freunde werden können. Aber
müssen wir erst philosophisch werden, um zu
begreifen, welch wertvolles Gut uns der
Schöpfer gegeben hat?

Müssen wir erst mit 60 oder 70 nachdenken,
was der Sinn des Lebens ist?
Wir werden in eine noch nie da gewesene
Zivilisation geboren.
Der Fortschritt der Menschheit in den letzten
300 Jahren, und das sind nur wenige
Generationen, ist enorm, eher unvorstellbar.
Noch gar nicht lange her, da dachten die
Menschen in ganz anderen Weltbildern.
Doch wir sind nicht allein auf diesem
Planeten. Und ich meine da nicht nur die
Menschen. Wir leben mit etlichen Spezies von
Tieren, einer unendlichen Fauna und
Pflanzenwelt.
Wie gehen wir mit den Mitmenschen um?
Wie mit der Natur?
Wie mit den Tieren?
Unsere Umwelt ist unser Lebensraum.

Der Schöpfer hat unsere Menschheit mit dem
kompliziertesten Gebilde versehen, dem
Gehirn.
Was benutzen wir davon? Die Menschheit
wird sich in wenigen Jahren verdoppeln. Sie
lesen richtig. Auch diese Menschen brauchen
Und verbrauchen Ressourcen dieser Erde.
Verbrauchen Energie, Lebensmittel,
Rohstoffe. Auch diese Menschen brauchen
Arbeit, eine Infrastruktur. Eine
Lebenschance, eine Überlebenschance.
Okay, vielleicht gehören Sie zu denen, die
jetzt sagen, was soll das denn.
Das ist 1. noch lange hin, 2. weit weg, 3. der
Staat wird's schon richten, 4. ich kann doch
allein doch nichts ändern.

Okay, Sie gehören nicht zu denen. Es gibt nur
eine Lösung, die ist unumstößlich: Jeder
Einzelne muss bei sich beginnen, das Leben
neu zu ordnen. Neu einzuordnen.
Und da es wie Sie richtig bemerkt haben kein
m u ß gibt, sollte jeder möchten.
Es gibt einen Sinn des Lebens. Dankbarkeit.
Dankbarkeit für alles, was uns zuteilwird.
Dankbarkeit für alles, was wir verbrauchen.

Ein Grund meines Ausstiegs in den Umstieg,
und ich sehe ihn für mich als Hauptgrund,
dass ich nicht mehr wie bisher leben möchte.
Ich fühlte mich in einer Welt ohne
Dankbarkeit. In einer Welt zunehmender
Habsucht, Gier, Ausbeutung, in einer Welt,
die aus den Fugen geraten ist.
Konsum, Kommerz, Gewinn sind die
Maxime der Gesellschaft.

Nicht dass wir uns falsch verstehen, ich sehe
den Kapitalismus nach wie vor als die beste
Form des wirtschaftlichen Lebens.
aber die Verteilung stimmt nicht mehr. Es
kann nicht sein, dass Leistung mit bis zu
60% Abgaben belegt wird. 2/3 der
Bevölkerung
in Deutschland fast nichts zum
Staatsaufkommen beitragen.
Und fast alle sind unzufrieden. Und am
meisten diejenigen, die auf Kosten der
Gesellschaft leben. Wie kann das sein?
Wir haben unser Wertesystem verloren.
Fragen Sie doch einmal einen jungen
Menschen nach menschlichen

Werten. Sie werden mit großen Augen
angesehen. Da kommt nichts. Dankbarkeit ist
ein Fremdbegriff.
Selbstverständlichkeit ist das Schlagwort.
Ich meine, es ist nichts auf der Welt
selbstverständlich.
Die Kirche hat nach meiner Meinung versagt.
Sie hat es nicht verstanden, die Menschen
mitzunehmen. In der Masse mitzunehmen.
Wer das Christentum, das Judentum, den
Islam oder Buddhismus, der Glaube ist ganz
egal, nicht verstanden hat, wird als
Gesellschaft scheitern.
Da bin ich fest von überzeugt. Die moderne
Welt braucht Antworten.
Antworten damit ein globales Weltbild
zusammenleben kann.
Ein globales Wirtschaftsleben reicht nicht
aus.

Wer stellt sich dieser Verantwortung was zu
verändern? Viele junge Menschen suchen
nach neuen Wegen.
Ich erinnere an die Werte Besinnlichkeit und
Ruhe.
Wo soll denn bitte schön die Kraft im
Menschen herkommen, wenn
ihm diese Werte verborgen sind.
Nichts gegen techn. Fortschritt, aber ich
erinnere in diesem Zusammenhang an
Computer, Computerspiele.

Die Jugend der Welt ist offen für Werte. Sie
braucht Vorbilder. Vormacher haben
Nachmacher.

Wenn einige meiner Gedanken bei Ihnen
Zustimmung finden, so freue ich mich.
Toleranz als einen der größten Werte möchte
ich nicht unerwähnt lassen. Ich toleriere auch
andere Meinungen. Der Mensch lebt in
Überzeugungen. Viele sind nicht mehr
zeitgemäß. Sie sind Überlieferungen aus
Denkmustern vergangener Zeiten.
Die Welt hat sich gewandelt.
Die Globalisierung gibt uns neue
Denkmuster. Wo bleibt in einer Welt der
Technik die Wertschöpfung? Bei wem?
Geld sollte ein Mittel zur Freiheit sein.
Kein Mittel zur Angst und Gier.

Haben Sie gewusst, dass 30000 Tausend
Kinder täglich an Hunger, Folgen
schmutzigen Wassers und vermeidbarer
Krankheiten sterben?
Alle 30 Sekunden ein Kind auf dieser Welt an
Malaria stirbt, eine Million Kinder im Jahr?
Das 1,2 Milliarden Menschen mit weniger als
1 $ am Tag leben?
Und das 2,8 Milliarden Menschen mit weniger
als 2 $ am Tag leben?
200 Tier- und Pflanzenarten jeden Tag
unwiederbringlich verloren gehen?
Dass den 79 Milliarden $ an
Entwicklungshilfe 2004 weltweit 116
Milliarden $ an Zinszahlungen an die
Geberländer gegenüberstehen?
Dass 1000 Milliarden $ jährlich für Rüstung
ausgegeben werden?
Der jährliche Vermögenszuwachs der 792
Milliardäre im Jahr 300-400 Milliarden $
beträgt?

Dass die 4 reichsten Menschen der Welt mehr
Geld als 1 Milliarde der ärmsten Menschen
besitzen?
Dass 20.000 Menschen täglich an HIV/Aids
sterben?
Dass allein h e u t e fast 40.000 Menschen
verhungern?
Die Weltbevölkerung nimmt zu, die Intelligenz
ist eine Konstante! (Einstein)

Alles Gute auf dieser Welt geschieht nur
dadurch, dass jemand etwas mehr tut als er
muss. (Verfasser unbekannt)

Liebe Leserin, lieber Leser,
Lust auf mehr zum Lesen?

Ich veröffentlichte 30 Bücher!
Alle Bücher von mir gibt es als Druckausgabe
und als E-Book.
Überall im Handel, Online und im Buchshop
des Verlages. www.bod.de

Hat Ihnen, hat Dir das Buch gefallen?
Gibt es Fragen oder Hinweise?
Gibt es Anregungen?

Bitte schreiben Sie, schreibe Du mir.
www.heinecke-autor.de/kontakt/

Der Autor
Im Oktober 2024

Quellenverzeichnis

Diverse Recherchen
www.wikipedia.com

www.bnp.de

www.bundeswehr.de

Videokanal:
https://www.youtube.com/@Bundeswehr

Barettabzeichen der Fernmeldetruppe der
Bundeswehr (ZDV 37/10, Farbe: Korallenrot)
Kragenspiegel: Farbe Zitronengelb auf Grau
Taktisches Militärzeichen: stilisierter Blitz von
links oben nach rechts unten.(Foto Wikipedia)

Anmerkung

Die Geschichte dieses Buch ist eine verfasste Autobiografie des Autors. Der Inhalt wurde nach besten Wissen und Gewissen gemacht und beschrieben. Untermalt sind selbst erlebte Situationen. Unterlegt sind auch wahre Begebenheiten, die Geschichtsträchtig sind. Übermittlungen von Freunden und Bekannten sind eingeflossen. Ich lernte Soldaten kennen, die als Legionär dienten. Soldaten verschiedener Waffengattungen, Panzerfahrer bei der NVA und Bundeswehr. Mit dem mehrfachen „Soldat des Jahres" in der DDR bin ich befreundet. Auf allgemein zugängliche Begriffe, öffentliche Institutionen, Unternehmen, Marken sowie Ort und Straßenbezeichnungen wurde nicht verzichtet. Die Erwähnung dient ausschließlich zur Untermalung der Handlungen und Chronologie der Abläufe. Werbezwecke sind ausgeschlossen.
Ich weise ausdrücklich darauf hin, dass ich zu politischen Themen, div. beschriebenen Geschehen etc. meine persönliche Meinung geschildert habe. Für die Vollständigkeit und Richtigkeit in den Kapiteln übernehme ich keine Garantie und keine Haftung.
Abgebildete Fotos entstammen meiner Fotosammlung. Die Urheberrechte liegen beim Autor.

Danksagung

Danke, sage ich Freunden und der Familie
für die Anregung, nach vielen erfolgten
Erzählungen, das Buch zu schreiben.
Danke auch für die Informationen in
geführten Interviews. Durchsprache von
Themen im Zusammenhang mit Wehrdienst
und Soldatentum und Zeitgeschichte.
Großer Dank gilt meiner Partnerin, die viele
Stunden auf mich verzichten musste.
Danke auch den Personen für die Hilfe bei der
Korrektur und dem Lektorat. Auch für die
Beratung über das gewählte Cover des
Buches, das ich so interpretiere:
Ein Dreieck hat eine vielfältige Bedeutung.
Seit jeher. Ist ein Symbolträger. Es zeigt
Energie. Dreiecke können nach oben und
nach unten zeigen. Stellen für die Menschen
eine „Dreieinigkeit" dar.
Schaffenskraft, Harmonie, Wachstum.
Integration, Subjektivität und Manifestion.
Auch Magie, Wunder un Kreativität.
Vermehrte Anzahl von Dreiecken sollen
anzeigen, dass die Energie im Gleichgewicht
gehalten werden soll.
Nach unten gerichtet symbolisiert es z.B.
Veränderung. Es fällt im Cover in ein V.
V steht für Victory. Bedeutung Sieg und
Frieden.

Dieses Buch gehört

....